——王栋臣灯谜作品集——

王栋臣 著

JIANGHAIFENGYUN

WANGDONGCHEN DENGMI ZUOPINJI

大连海事大学出版社

图书在版编目(CIP)数据

江海风韵：王栋臣灯谜作品集 / 王栋臣著. — 大连：大连海事大学出版社，2020.6（2023.6重印）
ISBN 978-7-5632-3944-3

Ⅰ. ①江… Ⅱ. ①王… Ⅲ. ①灯谜－汇编－中国－当代 Ⅳ. ①I277.8

中国版本图书馆CIP数据核字(2020)第064065号

大连海事大学出版社出版

地址：大连市黄浦路523号 邮编：116026 电话：0411-84729665(营销部) 84729480(总编室)
http://press.dlmu.edu.cn E-mail:dmupress@dlmu.edu.cn

大连金华光彩色印刷有限公司印装　　大连海事大学出版社发行

2020年6月第1版　　2023年6月第3次印刷
幅面尺寸：170 mm × 240 mm　　印数：2201 ~ 2800册
印张：10.75　　字数：185千

出 版 人：刘明凯
责任编辑：席香吉　　责任校对：高 颖
装帧设计：解瑶瑶

ISBN 978-7-5632-3944-3　　定价：33.00元

序

邵滨军

明代学者张岱在其笔记《陶庵杂忆》中说："人无痴者，无可与之交，因其无深情也；人无癖者，无可与之交，因其无真气也。"一个人有所癖好在张岱的眼中竟然如此重要。可是一个人的癖好会随着环境、阅历、水平和格局的变化而不断转移、嬗变，只有少数人例外，故而能够将少年时代的癖好、爱好，延续一生，且乐此不疲的，殊为难得。王栋臣先生把灯谜艺术作为了终身的爱好和追求，并且成绩斐然，他把癖好发挥到了极致。对于王栋臣而言，将中华灯谜艺术不断发扬光大，不仅体现了他的真性情，也展示了他的真学问；灯谜艺术不仅是他实现价值的生动载体，更是他一生的期许和抱负。

在灯谜领域，我和王栋臣师出同门。我们都出生在江苏南通的乡村，都曾经历过物质生活和精神生活极为匮乏的二十世纪七十年代。可偏偏是在那样一个贫瘠的时代，两个十三四岁的少年是如此幸运，农村的基层文化站为我们打开了一扇充分吸取精神文化食粮的窗口。当年的南通县刘桥文化站距我们家只有二十分钟的自行车车程。这家文化站又偏偏藏着一位博览群书、满腹才学、愤世嫉俗、爱才如命的站长，他就是早年毕业于如皋师范学校，才华横溢、特立独行但又抱璞泣血的著名灯谜家顾焕清先生。

顾焕清老师的博学，对于灯谜艺术的真知灼见，以及他在书法、楹联、诗词等多方面的成就，对王栋臣走入谜坛起到了关键性作用。"法乎其上，则得其中；法乎其中，仅得其下"（《帝范·崇文第十二》），王栋臣对于谜学的入门和精研，一开始就有一个非凡的起点。南通地区深厚的文化底蕴，江更生、费之雄、朱建铭等师友的言传身教，以及与曹家仁、周松林、杨建敏、王永钰、袁松林、秦晓春、钱舜华、秦向前等谜友之间的相互砥砺，让他得以迅速地窥其堂奥。1986年，王栋臣在"千军万马过独木桥"的全国高考中顺利考上南通航运学院，高校的环境和氛围让他在灯谜研究和创作上更加痴迷。后来，他又攻读了北京大学文学硕士学位，并以此为契机，着力提高理论素养，深入探讨灯谜的创制规律，全面思考灯谜的时代特色和文化使命，形成了思想上质的飞跃。

王栋臣在灯谜创作手法上诸法兼通，运用自如，但最擅长的应该是增损离合之法。从古到今，增损离合之法已经成就了无数灯谜佳作，从俞樾的“九十九（字）白”、张起南的“远树两行山倒影，轻舟一叶水平流（字）慧”，到王能父的“自小在一起，目前少联系（字）省”、马啸天的“田（七言唐诗）城墙四面锁山多”、柯国臻的“风雨空中雁阵斜（字）佩”和“海棠开后落残梅（字）淌”、陈斌的“柳眼半舒卿见否（字）相”，再到张卫平的“奉先千人之上，却空有勇力；信义更不堪议及（考古名词）秦俑”、施奕盛的“来日破魏靠子龙（电影）香魂女”、郭少敏的“念你，悲你，惜你，你影踪儿全无，心俱碎，残花相依（成语）今非昔比”，这些无疑是这类灯谜的登峰造极之作。王栋臣的这类优秀作品亦数不胜数，譬如：“塞上残冬横断岭（电视剧名）寒山令”“若求占山为王，天下必伐其乱（电影名）仙球大战”“梁下有抱柱人，令人动容（售楼广告语）拎包入住”“山影塘中飞松乱（清代谜家）唐景崧”“初始离合，后实拢意，杂糅也（民间谚语）龙抬头”。我们知道，这类灯谜作品追求自然浑成，切忌牵强附会，如能使用经典诗句、典故，或者独创出具有一定意境的画面，则可考虑列入能品、逸品和神品之列。

对于增损离合之法，王栋臣固然烂熟于心，对于会意别解之法，他也是驾轻就熟。他的作品：“满座衣冠似雪（烹调名词）全素席”“信了肚，卖了屋（房地产销售标识）售房入口”“撤屏视之，一人、一桌、一椅、一扇、一抚尺如故（经济学家）张五常”，采用拢意笔法，真的是巧思妙想。我认为，真正高超的会意谜作，谜面与谜底之间往往存在巨大的落差，两者风牛马不相及，通过个别字眼（谜眼）的别解和演化，忽然变得灵动起来。比如，谢会心的“毛公、薛公、朱亥、侯生，信陵君敬而畏之（成语）肆无忌惮”、周问萍的“全不见半点轻狂（体育项目）女子举重”、钱燕林的“严监生临终伸指（红人二）云光、大了”、郑长彦的“吾不如子房（常言）自我感觉良好”等就是这样的精品佳作。至于增损离合与会意、象形、假声等诸法并举的，像韦荣先的“青梅竹马两无心（常用词）憧憬”、张荣铭的“断一半，接一半；接起来，还是断（字）折”、金瓯的“一川横贯，双峰倒影（字）带”、武骝的“终生念伊减姿容（字）一”，那更是锦上添花，美不胜收。

优秀的灯谜作品有一个共同的特征，那就是既合乎情理之中，又出乎意料之外；既一本正经，又玩世不恭；既要丝丝入扣，严谨规范，又要峰回路转，如同神来。大家知道，灯谜创作如同填诗赋词，受到谜面和谜底的双重约束，是带着镣铐跳舞的艺术，无论是谜面还是谜底，均不能出现虚字、废词，更不能生硬刻板、僵化教条，必须形神兼备、天衣无缝。正所谓“文章本天成，妙手偶得之”。大凡牵强附会、刀削斧凿的谜作，就是灯谜的半成品或者废品，这从另外一个角度也证明了灯谜创作的难度以及一则上乘谜作的珍稀。那些经不起全方位挑剔和淘汰的灯谜作品，一定不是好作品。只有腹笥深厚、思维灵活、功底扎实的人，才不会错过任何一个好的谜材，并配上信手拈来又毫无瑕疵的谜面；好的谜家不会浪费好谜材，搜肠刮肚的未必是佳作，佳谜往往是偶得天成。王栋臣从事灯谜艺术四十年，创作了诸多灯谜佳构，令人惊艳，无论是“钱塘江畔烟柳边（中国古代哲学用语）金木水火土”的浑然天成、无懈可击，还是“赢得仓皇北顾（外国电影）胜利大逃亡”的有板有眼、突梯滑稽，都令人叫绝。

作为灯谜家，巧夺天工的灯谜作品实在是可遇而不可求的。很多灯谜爱好者穷其一生都没有几条精彩绝伦之作。很多时候，你会感觉到，无论你在哪里，但谜面早就在那里，谜底也早就在那里。谜面和谜底要么近在咫尺，要么天各一方。只有艺高胆大、慧眼识材的“能工巧匠”，才能让他们牵手在一起。一旦牵手成功，灯谜就构成了一件完美的艺术作品。诸如张起南的“云破月来花弄影（字）能”、庄容川的“太公（《水浒传》人名二）史进、时迁”、柯国臻的“桃花潭水深千尺（成语）无与伦比”、吴仁泰的“馈金珠李肃说吕布（农药）速灭杀丁”、郑百川的“包胥哭秦庭（兵役名词）申请退伍”、赵首成的“王师北定中原日（报纸名称）宁夏日报”和“东吴定下美人计（广告用语）配备成套”、徐鸿基的“问君能有几多愁（成语）应答如流”、费之雄的“双胞胎忘了认记号（古文句）先生不知何许人也”，就是这样的灯谜绝品。一百多年来，俞樾、唐景崧、谢会心、张郁庭、张起南、马啸天、陆滋源、吴仁泰、柯国臻、郑百川、赵首成、武骝等灯谜历史上当之无愧的艺术大师，以色彩斑斓、精妙绝伦的灯谜作品铸就了灯谜艺术的辉煌。我们也可以从王栋臣的灯谜作品看出，他应该在灯谜创作过程中收获过这样的惊喜，享受过这样的快乐。

灯谜艺术的根基在于中国传统文化。时代变迁和社会进步又为灯谜艺术的普及、提高和发展提供了更多的机遇和挑战。王栋臣既有传统文化的底蕴，又能自觉适应时代变迁，在灯谜创作中融入新的谜材、技巧和思维，在灯谜推广中采用现代化的载体和技术手段，并在理论研究中，生动分析灯谜的发展趋势。这些特征既体现在他对于灯谜艺术自身的发掘、总结和提升上，又体现在他对灯谜作为非物质文化遗产的继承与创新上。作为非物质文化遗产的传承人，他不仅把灯谜当成一种爱好，灯谜更赋予他一种义不容辞的使命。他从早年在灯谜猜射过程所展示的敏捷、聪慧和透悟（曾荣获过“中华灯谜国手”等称号），到无数次举办灯谜活动所体现的责任和担当（现担任南通灯谜学会会长等职务）；从思考休闲时代灯谜的时代特色（发表了《灯谜的休闲时代到来了吗?》等一大批灯谜理论文章），到把灯谜艺术放在弘扬中华文化的高度加以认识和推进（被授予“南通市非物质文化遗产南通灯谜代表性传承人”称号），都不改初心、一如既往、一往情深。中华文化包罗万象，京剧、书法、国画、中医、武术、烹饪、灯谜、楹联、围棋、象棋、民乐、麻将、风水、道术、园林、瓷器、丝绸、汉服、刺绣、剪纸、茶叶……灯谜无愧立于其间，正是像王栋臣这样的谜家的创造和奉献，灯谜艺术才能够薪火相传，生生不息。

我时常会反思，灯谜到底是一门艺术还是一种技巧，灯谜到底属于高雅文学作品还是雕虫小技，灯谜在现代人的生活中到底是艺术品还是调味品？对于灯谜的艺术意义和作用的争论不会停息。赵首成和我在《百年谜品》一书中曾经说过，任何艺术都承担着它所应该担负的文化使命。灯谜艺术所固有的幽默风趣、含蓄深沉、唯美是举、微言大义等特点，深刻反映了我们民族深层次的文化心理结构。灯谜艺术积淀深厚、博大精深，并且与人民的生活情感与理想深深凝结在一起，大量艺术精美、趣味高尚、思想丰盈的灯谜作品生动地反映了民族精神，体现出了高尚的艺术品格。

王栋臣先生的灯谜艺术成就足以证明，所有尊重优秀文化传统并重视传统文化的努力都将获得文化延续和发展的积极回报。灯谜作为传统民俗文化遗产，本身却具有潜在的现代性价值。在现代化进程中，灯谜艺术以自身的万千变化、与时俱进，证实了自己不朽的生命力。

随着大量新知识、新构思的出现，现代文化与古典文化必然发生冲突、碰撞、融合和衍变，并由此孕育出新的谜材、新的技法和新的创意。灯谜与所有的民俗文化一样，必将经历一个涤瑕、凝炼乃至升华的过程，从而产生新的审美动力和审美价值。正源于此，王栋臣先生以及广大灯谜家们在灯谜领域的努力和付出不会白费，灯谜艺术已然并且会继续绽放出绚丽的光彩。

是为序。

（2020年2月14日）

（序作者简介）邵滨军，江苏南通人，1966年生，曾经在《光明日报》、深圳市文化局、中共深圳市委宣传部、国家信访局工作，先后获得深圳大学文学学士、复旦大学工商管理硕士、中山大学哲学博士学位。加州大学、清华大学访问学者，清华大学人文学院客座教授。与赵首成先生共同编著出版了《新时期灯谜佳作集》《古今优秀灯谜鉴赏辞典》《历代灯谜赏析》《百年谜品》等灯谜专著。

目 录

灯谜作品选

谜面	谜底
吧(城建词)	旧城改造
碧(中药二)	王不留、消石素
大(《过秦论》一句)	且夫天下非小弱也
罗(歌曲)	《夜夜夜夜》
冉(《学习强国》词)	再来一组
谭(成语二)	一潭死水、有言在先
爱多(活动形式)	联欢晚会
八戒(航空术语)	空中管制
辩书(十八大新词)	理论自信
病愈(成语)	患得患失
超载(莫言作品)	《过去的年》
虫子(诏安民俗二)	游火烛、下孝
慈母(香港建筑物)	仁爱堂
丹唇(电影)	《红樱桃》
单挑(常言)	不二选择
导厕(常言)	带来方便
低眉(古文一句)	山不在高
典子(期刊)	《当代少年》
独裁(房地产名词)	个人产权
独立(人事用语)	用人单位
分扣(口语)	别来这一套
鸽鸣(国际空间站名)	和平号
华章(新词语)	中国印

谜面	谜底
黄谜（气象俗语）	秋老虎
禁黄（颜色）	卡其色
巨婴（《聊斋志异》篇目三）	《大人》《象》《小人》
可以（苏轼词一句）	人生到处知何似
客舍（历史人物）	西施
空运（网购词）	随机发货
流萤（驾培用语）	有点飘移
路书（简历用语）	文化程度
码洋（成语二）	失马亡羊、水落石出
谜组（电视剧）	《老虎队》
密友（成语）	不可开交
谋攻（名词）	商战
逆产（电影）	《反转人生》
怒颜（航空名词）	气动外形
培根（春秋战国人）	养由基
奇案（新词语）	反对“台独”
桑林（新词语）	“三权”分置
扫黄（麻将术语）	清一色
师说（时政新词语）	学习语
师说（《学习强国》栏目）	学习报表
帅府（南通小区名）	将军园
双打（电影）	《二十二》
水床（口语）	躺倒不干
水斗（香港地名）	沙头角
踏青（南通传统食品）	草鞋底
伪币（成语）	假充斯文
卫浴（电影）	《驴得水》
武二（新词语）	两个同步
玄关（奖项名）	奥斯卡
血管（电视剧）	《红色通道》
氧吧（口语）	花钱买气受
义士（新词语）	草根文化

御酒（收藏用语） 九五品
粤语（香港街道名） 广东道
智囊（企业简称） 联想集团
财神道（《三国演义》人名） 赵云
错错错（南通口语） 三个不对
刀子嘴（音响评论语） 人声利器
登山赛（词语） 竞争上岗
读者群（俗语） 阅人无数
杜尚别（电影） 《走出西柏坡》
儿皇帝（电影） 《小子万岁》
干爸爸（病症） 严重脱水
古赵州（南通地名） 陈桥
观赏鱼（《隆中对》一句） 张鲁在北
黑又亮（香港地名） 元朗
家天下（体育术语） 第一落点
甲鱼宴（不良行为） 吃霸王餐
假清仓（机械工艺词） 表面抛光
检查费（房产销售词） 验资
将相和（家电名词） 全面兼容
经堂语（《文心雕龙》一句） 回互其辞
流浪者（《诗经》篇目） 《氓》
拍拍拍（菜肴名） 溜三样
青丝散（新词语） 绿色发展
全球购（禅语） 一花一世界
山兰花（成语） 梁上君子
诗歌集（穴位） 风市
世袭制（房地产词） 永久产权
谈笑间（称谓） 音乐家
歪脖子（词典语） 偏旁部首
西洋桥（字） 沐
鲜竹沥（《红楼梦》诗句） 竿竿青欲滴
湘妃竹（电影） 《两个孤女》

雪后冷（五言唐诗一句）　无花只有寒
雁南飞（期刊）　《北方信息》
夜行者（植物名）　黑松
月全食（《西厢记》一句）　围住了广寒宫
照无眠（俗语）　有点困难
真豪杰（电视剧）　《地道英雄》
终生误（港台歌曲）　《一辈子的错》
众乐乐（网站名二）　人人、开心
暗送秋波（电影）　《阴谋与爱情》
拔苗助长（香港地名别称）　快活谷
百川归海（南通村镇名二）　河口、集成
变形金刚（电影）　《钢刀》
并列第一（南通地名）　二甲
猜谜观灯（网络新词）　打赏
财大气粗（口语）　发狠话
畅所欲言（城建设施）　无障碍通道
陈力就列（春晚小品）　《不能让他走》

注：面出自《论语·季氏》。

城中首领（南通旧地名）　郭里头
城中为家（南通小区名）　郭里园
出售豆芽（网络新词）　卖萌
初次驾车（南通地名）　新开
此行何去（电脑名词）　目标盘
大智若愚（空调规格）　暗藏机
呆呆计划（乘法口诀一句）　二二得四
灯谜挂猜（网络词）　吊打
读判决书（成语）　照本宣科
对牛弹琴（词）　丑闻
耳鬓厮磨（会议形式）　碰头会
二月里来（《红楼梦》诗句）　两两出婵娟
坊间碰头（建筑工程俗称）　土石方
飞抵琼岛（长三角城市连镇名）　上海南翔

非分之想(香港建筑物名) 和合中心
风雨兼程(四川童谣一句) 吹吹打打一路来
扶老携幼(空调规格) 一拖二
个体经济(电影) 《摆渡人》
过度医治(休闲方式) 足疗
何为大专(歌曲) 《传奇》
何为元宵(歌曲) 《那一夜》
何以解忧(网站名) 唯品会
黑灯舞会(口语) 有点别扭
花的变化(五言唐诗一句) 离离原上草
换了人间(唐代诗人) 白居易
火攻城破(厨房电器) 集成灶
家庭影院(常言) 看不出来
金蝉脱壳(药店告知语) 知了皮没了
拒绝故友(六字宋词句) 却是旧时相识
军人之家(南通地名) 兵房
君子一言(香港街道名) 汉口道
开张之喜(南通地名二) 新店、悦来
空袭敌后(南通地名) 龙舌
口供笔录(第15届“五个一”工程获奖图书) 《云中记》
口口应允(古尊称) 兄台
跨马河边(南通地名) 骑岸
快去解围(电视剧) 《娱乐没有圈》
两败俱伤(新词语) 双创
两肋插刀(谍战剧) 《双刺》
两袖清风(化工产品) 双光气
六书解析(教育名词三,共六字) 一本、二本、三本
落得太平(俗语) 天下无难事
漫无止境(电视专题片) 《永远在路上》
明日除夕(唐诗目) 《月夜》
酩酊之余(网络流行语) 我也是醉了
女娲炼石(电脑术语) 修补高危漏洞

平潮商场（经典老歌） 《三十里铺》

注：平潮为南通镇名，距离南通市区30华里，旧称“三十里”。

七擒七纵（杂志二） 《求是》《收获》

齐齐哈尔（《聊斋志异》篇目） 《博兴女》

前仆后继（象棋术语一） 卒一进一

情侣机票（京剧） 《两张飞》

请君附耳（歌曲） 《让我轻轻地告诉你》

穷困潦倒（口语） 没有什么了不起

日课涂鸦（口语） 白的抹成黑的

入口即化（口语） 吃得消

山雨欲来（称谓） 风水先生

上将云集（考古发现） 三星堆

圣叹缄口（电商词） 双十一

盛情接待（服饰规格） 加厚款

师夷长技（电视栏目） 中华学人

十分兴隆（香港地名） 旺角

试玩潜水（科技新词语） 沉浸式体验

首都酷暑（社会现象） 京剧热

双休影院（成语） 等闲视之

水浊鱼喩（交通工具贸易方式） 混动出口

天癸尽矣（航空名词） 经停

途经双第（儿童游戏） 过家家

望梅止渴（财经名词） 实现利润

文物走私（滑稽剧） 《宝贝外传》

闻过则喜（网站名） 一听音乐

卧底归来（军事名词） 反潜

午间十分（南通老地名） 马房角

下岗转产（电影） 《失业生》

行商坐贾（销售评价语二） 卖得动、卖不动

鸭子拌嘴（口语） 呱呱叫

注：面为乐曲名。

言行一致（科技新词） 云同步

一荣俱荣(企业名) 双合盛
以愚黔首(俗语半句) 若要人不知
优胜劣汰(春晚小品) 《不能让他走》
元旦快乐(比赛词) 一号台
原始码头(南通地名) 天生港
在所不辞(中学语文篇目) 《别云间》
招领启事(成语二) 有失斯文、待人接物
正在打鼓(字) 豉
智能大厦(中央电视台栏目) 聪明屋
著作草就(电影) 《毁灭者》
醉眼蒙眬(天津老字号) 泥人张
白水绕东城(西北地名) 银川市
报猜声一片(俗语半句) 人人喊打
杯酒释兵权(书名) 《收官的技巧》
杯酒释兵权(交通新闻报道语) 春运收官
悲在一杯中(常言) 伤自尊心
北宋旧都址(包装词) 开封处
不才明主弃(成语) 舍本事末
沧海变桑田(经济新词) 流转土地
长江入海口(长三角著名新媒体简称二) 澎湃、交汇点
长亭更短亭(口语,双钩) 一五一十
朝夕山之巅(交通名词二) 早高峰、晚高峰
崇川名声传(南通运河名) 通扬
抽签分先后(字) 捡
出入之迂也(音乐名词) 进行曲
春笋山谷上(南通地名) 尖沟头
存疑便晃头(手机操作行为) 微信摇一摇
逮住马屁精(交管名词) 抓拍
旦辞爷娘去(骊珠格) 花·将离
独思朝朔方(电视剧) 《一念向北》
杜鹃叫哥哥(蒙学教材) 《弟子规》
端午便浴佛(经典剧目) 《马前泼水》

对方踢皮球（传统戏剧） 《双推磨》
尔来未几岁（电影） 《少年的你》
反对派武装（古文篇目） 《出师表》
反对一言堂（香港街道名） 爱群道
方队做调整（国防名词） 人防
仿佛若有光（七言唐诗一句） 正是归时不见归
冯谖初弹铗（《孟子》一句） 鱼，我所欲也
负者歌于途（某音乐学院作业，含歌名） 背诵《在路上》
归来见天子（北京地名） 回龙观
孩子叫老师（电影） 《童话先生》
好雨知时节（陕西知名品牌） 春发生
何谓"手谈"（离合字） 是曰人下
何以斩黄雄（中医用语） 以酒为引
恨别鸟惊心（卫浴器具功能） 感应出水
注：承上句"感时花溅泪"。
话说钱塘江（南通广播电视台栏目） 总而言之
挥手从兹去（外国电影） 《大篷车》
奸商搞串联（宁通高速交通枢纽名，含泰州地名） 刁铺互通
叫嚣乎东西（出版物种类） 有声读物
她在丛中笑（饮料） 话梅可乐
金钱遭曝光（卫生行为，卷帘格） 晒被子
近乡情更怯（新词语） 反恐怖
进退无颜仪（《水浒传》绰号二） 行者、没面目
禁驾六十天（《岳阳楼记》一句） 连月不开
卷起千堆雪（影视用语） 翻拍剧
可汗大点兵（网络名词） 官方补丁
客货都禁运（艺术名词） 卡通人物
空谷传禅音（电视剧） 《山坳里的钟声》
亏了我一个（保险名词二） 报损单、受益人
溃散至巷中（广西地名） 贵港
老少都机灵（牌类词二） 大鬼、小鬼
狸猫换太子（电视剧） 《错位人生》

里屋居贵宾（老电影）　《七十二家房客》
寥廓酬半空（广西谜家）　廖西川
临行密密缝（缝纫用语）　走线太紧
码头，码头（南通地名）　石港
满纸荒唐言（教学词语）　下水作文
迷途的羔羊（口语）　未必不知道
注：面为香港电影名
南北斜拉桥（常言）　上梁不正下梁歪
鸟宿池边树（古籍）　《临川集》
宁国府添丁（小说）　《男生贾里》
女方索彩礼（沪剧）　《罗汉钱》
碰瓷专业户（《红楼梦》中人物）　赖大家的
平明寻白羽（家电商标二）　飞箭、钻石
七仙女下凡（电影冠国名及类型）　美大片《降临》
千营共一呼（微信名词）　公共账号
妾心古井水（俗称谓，含地名）　小宁波
请试抢答器（特殊通信工具）　核按钮
全家饮花酒（成语）　满堂喝彩
全歼女间谍（成药）　粉刺一扫光
燃放孔明灯（航天名词）　点火升空
人闲桂花落（礼貌语二）　不忙、谢谢
儒为席上珍（新词语）　文化大餐
三毛学生意（新词）　微商
赏赐百千强（商业促销语）　九五大优惠
少年漂泊者（称谓）　游子
圣代无隐者（甜品）　果露冰激凌
注：面为唐代王维诗句。圣代，此处别解为冰激凌甜品名。
释放瓦斯弹（成语）　催人泪下
双打显风骨（非遗项目）　二十四节气
霜天忆先人（古文学作品誉称）　秋思之祖
谁知盘中餐（民生词）　粮食问题
随风潜入夜（电视剧）　《黑色雨》

谈笑有鸿儒(文艺形式) 高雅音乐
特别爱挂猜(影视类型二) 喜剧、悬疑
天地一笼统(新词) 阴阳合同
天地有正气(空调广告语) 上下通风
天明登前途(国外首都名) 杜尚别
天堑变通途(《阿房宫赋》一句) 长桥卧波
徒儿酒多了(称谓,卷帘格) 高干子弟
问君何所之(电影) 《你往哪里跑》
我想有个家(民族) 门巴
戊戌年蓄发(中华老字号) 狗不理
夕阳无限好(行程安排语,含二字浙江地名) 晚上到永嘉
希望已绽放(口语) 想开了
下笔如有神(新词语) 管而不死
闲日捕禽兽(电影) 《空天猎》
想去洗温泉(口语) 计划泡汤
小床集散地(动物) 麻雀
小的提起来(家电简称) 微吊
佯羞不出来(生理名词) 女性荷尔蒙

注:面见李白《越女词五首·之三》。

野火烧不尽(新浪网栏目二) 草根、大片
业余啦啦队(航空术语) 空中加油
叶叶相交通(福建地名) 古田
夜渡险恶多(新词) 涉黑涉恶
一马平德庆(节日问候语) 端午安康

注:广东省德庆县,别名康州。

一曲贺金婚(庆典语) 宫庆50年
一再受挫折(酒类词二) 头曲、二曲
一盅愁终解(节日名) 中秋
意欲凌空翔(电视剧) 《青云志》
隐处唯孤云(QQ功能) 私密留言
有孙母未去(社会群体称谓) 留守儿童
愚公释妻疑(成语) 排山倒海

欲得周朗顾（人事语二）	调动、出差
元旦雨绵绵（交通词）	一号线
怎能不挨刀（数学名词）	反正切
只想抢红包（成语）	唯利是图

注：利是，亦称利市，粤语指红包。

终非池中物（电影）	《龙行天下》
种树能致富（美容项目）	植发
卓然独超绝（国产电影）	《傲蕾·一兰》
自挂东南枝（童谣一句）	拉钩儿上吊
醉卧生凉意（气象俗语）	倒春寒
左右分两栏（乌镇地名二）	东栅、西栅
八戒开始认怂（食品名）	猪头肉
拜孟尝君为师（南通小区名）	学田
不许百姓点灯（电子元器件）	发光管
吹皱一池春水（贬称谓）	青皮浪荡
打得一输一和（电视剧）	《战北平》
大军纵横驰奔（刊物二）	《旅游》《东西南北》
等下去寺街边（南通地名）	竹行
督促立即破敌（电影）	《敦刻尔克》
遏制消费欲望（成语）	别有用心
改行做联络员（小五金）	转接头
购得PAIC产品（常言）	花钱买平安
观音山没有山（曲艺形式）	相声

注：面为南通俗语。

何为驾驶模式（彩票种类）	即开型
衡山居士笺释（启事语，卷帘格）	注名征文
环绕两江四湖（贵州地名）	六盘水
或置酒而招之（苏州名店）	春来
计算机控制室（软件名）	电脑管家
酒喝光人便醉（卫生评价语）	干净多了
就一人回吗？（过激行为）	破口大骂
君命有所不受（外务用语）	外交辞令

开始支支吾吾(特殊日期)	双十一
扛起枪去前线(电影)	《抢红》
酷暑猜谜获奖(口语)	打得火热
聊天须卸360(常用语)	说话不要绕圈子
临清泉而赋诗(成语)	风行水上
龙舟赛，加油(教育名词)	划重点
撸起来烤一烤(音乐名词)	串烧
麻烦留意一下(餐饮要求语)	请上点心
满地黄花堆积(词曲牌名)	《重叠金》
满座衣冠似雪(烹调名词)	全素席
男子汉大丈夫(行政名词)	参公
妾拟将身嫁与(贬称谓)	婚托
容貌惨以憔悴(苏州名小吃)	两面黄
山中欣欣向荣(软件名)	阿里旺旺
商业转型发展(新词语)	营改增
上古结绳而治(课程)	线性代数
上轿前请确认(交通提示语)	车让人
世界第一富豪(商业名词)	全球首发
《世说新语》(民主革命家)	陈少白
视金钱如粪土(中华老字号)	张小泉
踏破贺兰山缺(足球术语)	飞出横梁
躺枪受伤之处(南通发展新词语)	中创区
围住了广寒宫(服务用语)	包月
文章录用状况(网聊行为)	发表情
我自岿然不动(汽车装修名词二)	大包围、定位
武大郎很淘气(外科手术名)	植皮
昔孟母择邻处(江苏某地群称谓,卷帘格)	宿迁三学子
先帝称之曰能(常言)	备加赞赏
羡长江之无穷(宋代诗人)	范成大
消费呈现旺势(南通非遗项目)	花露烧
想你的365天(电视剧)	《相思年代》
笑一笑十年少(刊物三)	《莫愁》《人才》《长寿》

寻找致富之路（搜索引擎名） 有道搜索
赢得仓皇北顾（外国电影） 《胜利大逃亡》
有点像文化人（《聊斋志异》篇目） 《义犬》
纵一苇之所如（成语） 放任自流
走捷径而攻之（不良行为） 抄袭
案前召集作调动（福建县级非遗项目） 诏安木雕
八卦炉中逃大圣（早点销售情况语） 火烧没了
白虎节堂阴森森（宋词一句） 高处不胜寒
白雪化雨起云烟（《学习强国》短视频栏目） 百灵
百万雄师过大江（西药） 达克宁
北临胡地初征讨（学习行为） 背古诗
被驱不异犬与鸡（成语） 形同禽兽
蓓蕾初绽轻轻采（杂志名） 《新华文摘》
比基尼又湿又冷（异体字别称） 三点水冰
毕生寄迹在山水（中药） 王不留行

注：面为右军祠楹联句。

别有幽愁暗恨生（法国作家） 莫里哀
不可沽名学霸王（电影） 《极致追击》
不同样式的合同（电影） 《异形：契约》
不要忘了那一天（节日简称） 非遗日
不知木兰是女郎（动漫） 《花样男子》
不知细叶谁裁出（理发项目二） 吹、剪
不知细叶谁裁出（药材处理） 自然风干
猜谜敲鼓再悬灯（政法用语） 打击重点
猜谜之路已到家（四字俗语） 打道回府
诧异厄运色当头（电影） 《诡宅》
朝穿皮袄午穿纱（空调用语） 冷暖变频
朝里有人好做官（股市用语） 顺势上升
陈胜过来见吴叔（常言） 涉及面广
成都之行费用高（五言唐诗一句） 花重锦官城
重上九霄炼仙丹（中成药） 回天再造丸
崇川民风富情调（常言） 通俗有趣

出舱之前到东港（南通老地名）　仓巷
出门尽是看花人（电视剧）　《观光使者》
初春秋分垄上行（南通地名）　秦灶
除夕连夜写春联（家电功能）　多梦
除夕始寒山寺后（民俗）　守岁
处处双子花吐绽（人口新政简称）　全面放开二孩
春江水暖鸭先知（病症）　禽流感发热
春秋无日不上堂（南通地名）　秦灶
此后壮士去游击（南通旧地名）　北土山
大腕缺席替身上（家装名词）　星空顶
但愿吾儿愚且鲁（飞行器名）　二代无人机
导火索有何作用（常言）　引起轰动
盗墓贼精确踩点（京剧）　《寇准探地穴》
稻谷拖到府上来（西班牙著名建筑）　米拉之家
得了心病变痴情（称谓）　知青
抵制空降一把手（称谓）　反对派领导人
地产白米预订之（灯谜刊物）　《谜也者》
点滴时间莫浪费（科技名词）　微机应用
点点杨花入砚池（网络新词）　粉转黑
电动机一再提速（外国动画片）　《马达加斯加》
刁滑莫过王熙凤（调味品）　油辣子
调整东西去攻打（电影）　《动物出击》
掉皮掉肉不掉队（身体不适语，含人体部位名）　伤了脚后跟
东西紧邻一两户（日常用语）　货比三家
动一动便容得下（南通文化场所简称）　更俗
杜鹃声里斜阳暮（电影）　《滴血黄昏》
杜鹃无语正黄昏（文学名词）　黑色幽默

注：面见《红楼梦》。

短亭杨柳长亭巷（南通地名二）　五里树、十里坊
对此如何不泪垂（公关语）　双向交流
对什么，没有么（互联网服务新技术）　移动支付
儿童相见不相识（电影）　《反转人生》

二安盛风洗淋浴(电视剧)　《一一向前冲》
方到寺前功力尽(文化场所简称)　工坊
风入衣襟酒易醒(节气二)　寒露、春分
风生白下千林暗(电视剧)　《黑色石头》
逢场作戏成习惯(商贸名词)　时装表演
福彩开奖遭质疑(微信操作语)　微信摇一摇
高雄归来见东家(俗语)　打狗还看主人面
工作差错终落聘(电影)　《左耳》
公路拱起已治理(科学家)　袁隆平
姑苏岁首除旧俗(南通国家级非遗传承人)　吴元新
孤儿无钱去读书(气功语)　一念不起
古今将相在何方(常言)　人才埋没
　注：面见《红楼梦》。
古来征战几人回(股市用语)　盘活存量
古来征战几人回(购物咨询语)　打完折多少
光明正大致富好(出版用语)　公开发行
归来双双容颜老(京剧板式)　反二黄
好读书不求甚解(物理名词)　光学表面
荷尽已无擎雨盖(机械零件)　滚珠轴承
红船精神放光芒(常言)　一大发明
忽闻岸上踏歌声(数学名词)　调和方程
忽闻河东狮子吼(煤矿安全词)　瓦斯爆炸
花开一处埋西施(福建地名)　芳华里
花落庭院一时间(贬称谓)　败家子
花钱只用于交通(电影)　《使徒行者》
花绽嬉戏乐呵呵(口语)　开玩笑
华灯初上茵蕴散(电影)　《烟花》
华夏手足不分离(电视剧)　《中国兄弟连》
怀有工笔画情结(口语)　抱着横竖横的态度
回互其辞射文虎(文明驾驶行为)　变道打灯
佳丽不厌百回看(市招)　美容精品
佳肴乳鸽打个包(APP)　菜鸟裹裹

建敏有错必纠正(《射雕英雄传》人名连字)　杨过、改之
江海河波澜不惊(评价语)　三流水平
匠心早起先奉神(民俗)　春祈
郊游方觉春意浓(旧称谓)　下乡知青
姐妹出嫁不铺张(计算机数量词)　两个字节
解开罗衣进洞房(电信服务语)　宽带入户
借得整治得民心(常用语)　以理服人
金银财宝如粪土(经济名词)　货币贬值

注：面见《红楼梦》。

经常粗心会变笨(五言唐诗一句)　老大意转拙
精妙文虎已领悟(著名灯谜公众号)　微谜会
靖康耻，犹未雪(服务业用语二)　押金二元、还没有洗
镜片加工有残缺(南通传统食品)　缸爿
酒后驾车有危险(人事用语二)　开会、出差
酒后莽撞老母亲(传统戏剧)　《春草闯堂》
旧谜之底未探究(俗语)　老虎屁股摸不得
旧岁总使人悲怀(法医用语)　陈年老伤
聚香园里喜猜谜(词牌、宋词句各一)　《满庭芳》、亲射虎

注：聚香园为南通著名西点店，曾数年连续举办灯谜活动。

卷笔刀如何用?(俗语)　削尖脑袋往里钻
课税必须说得清(电影)　《秘果》
哭声直上干云霄(口语)　叫苦连天
苦心追问尽搪塞(南通镇名)　唐闸
快来快来数一数(会计名词)　速算
离别之际悄无言(手机功能)　分时静音
离沪经东去苏南(南通地名)　芦泾
连声拒绝叫出租(口语)　不要不要的
廉颇一饭数遗矢(典故)　三顾茅庐
良好组合巧缘起(南通非遗项目)　红娘子
良友晓得常操守(五言唐诗一句)　好雨知时节
两岸桃花夹古津(陕西名胜)　红河谷
两岸桃花夹古津(广告语)　一流彩扩

两个黄鹂鸣翠柳（表演行为，含二字浙江歌名） 唱《对鸟》
令正原来是瓦窑（《红楼梦》人名） 多姑娘
注：面出清褚人获《坚瓠三集·弄瓦诗》。
乱丛已透须整理（娱乐新词） 达人秀
乱花半放东北枝（电影） 《芳华》
骡子一去不见了（外国首都） 马累
落榜之后雄心在（字） 休
落花时节读华章（毛泽东词一句） 阅尽人间春色
马屁之人最低微（山名） 阿尔卑斯
满怀忧伤忆先宗（文学史名词） 秋思之祖
满眼风光北固楼（俗语半句） 山中无老虎
貌似三板斧套路（经济热词） PPP模式
没病不要去医院（招呼语） 别来无恙
美猴王龙宫借宝（餐饮品牌） 海底捞
谜赛消息未发布（法律名词） 隐情不报
面试合格则聘用（常言） 见好就收
妙计令君怒气迁（体育名词） 奥运圣火
名伶走台真娇媚（网约平台二） 优步、滴滴
莫要回扣莫受贿（口语二） 吃不准、拿不准
母女颠沛乞宫前（新地名） 海安市
牡丹红谢日落时（字） 特
牧童遥指杏花村（巡视名词） 问题导向
暮去朝来不断流（地理学名词） 潮汐
抨击色情别装饰（教育新举措） 弹性离校
鬅松乱拥青丝髻（新词） 绿色发展
泼墨终了两相依（新词） 黑衣人
七月中原邑下乱（日化品） 肥皂
起初仅买坐臀肉（体改名词） 先售后股
千古文章载龟甲（常言） 死记硬背
千呼万唤始出来（新称谓） 音乐达人
钱塘江畔烟柳边（中国古哲学名词） 金木水火土
强横者则命不济（物流不良行为） 野蛮运输

强拖客人又宰客(新闻事件) 拉宾遇刺
琴乱凡心耕垄间(电影) 《玲珑井》
轻车简从沐新风(上海地名) 枫泾
轻罗小扇扑流萤(电影名连电影插曲) 《追捕》《虫儿飞》
求靠出卖必失败(电视剧) 《救赎》
全部家书送一处(电影) 《咸鱼传奇》
全面致富奔小康(出版名词) 统一发行
犬守夜，鸡司晨(围棋术语二) 黑做活、白做活
群山欢腾彩旗飘(成语) 眉飞色舞
让爱化作相思雨(公关语) 情感交流
人生七十古来稀(口语,卷帘格) 少年老成
人之初，性本善(超市用语) 生鲜区
日复一日情已逝(手机游戏名) 天天爱消除
如见倾心始守节(电影) 《宽恕》
如这般半掩轻纱(南通地名) 搬经
汝窑内清点残件(电脑名词) 磁盘碎片
塞上残冬横断岭(电视剧) 《寒山令》
三军过后尽开颜(足球球队名) 全兴队
沙僧进入盘丝洞(公安名词) 净网行动
山影塘中飞松乱(清代谜家) 唐景崧
商人重利轻别离(电视栏目,卷帘格) 情感超市
韶山冲中探伟人(国名) 毛里求斯
少年不知愁滋味(电视剧) 《小欢喜》
舍南舍北皆春水(广告语) 房源充足
身胖来宾真聪明(交通工具) 宽体客机
身体细长而成双(演艺组合) 筷子兄弟
肾囊肿逐渐长大(致富形容语) 腰包鼓起来了
升职快，贬职难(惠民新举措) 提速降费
生财有道乐滋滋(新词) 白富美
生活美好如我愿(香港建筑物名) 幸福中心
拾得襁褓一弃婴(比赛俗语) 捡包子
始扫倒戈之乱尔(电影) 《找到你》

誓将鬼子全歼灭（电视剧） 《杀寇决》
书中自有黄金屋（称谓） 美籍作家
双方跑腿不足月（抢红包词） 退回包
谁家男儿不相识（南通模范人物） 胡汉生
说与旁人浑不解（公关名词） 自我意识
丝丝细雨入丹青（文艺新闻） 流水线作画
四海之内皆朋友（外交语） 广泛共识
松子每随棋子落（电视剧） 《大树底下》
苏北家中有变化（《红楼梦》中地名） 花冢
苏小妹一见钟情（电影） 《巨额来电》
随从搏斗有招数（影视用语） 左右格式
踏花归来马蹄香（西药） 芬必得
堂中木凳已散架（机场场所） 登机口
天上一轮才捧出（股市语） 看空的多
天一变晴心喜之（电影） 《青春逗》
天作被褥地作床（旅游名词） 上下铺
铁榔头放手开拓（动漫人物） 金木研
停车场里弯道多（电脑软件简称） PS
退伍之前离汕头（南通风景区简称） 五山
脱贫之后心安定（字） 忿
外貌看来非凡人（俗语） 表现不俗
外围派员先扫荡（传统食品） 汤圆
晚节不保终犯罪（字） 菲
晚来美女勾君魂（电影） 《夜色撩人》
万人空巷度国庆（俗语） 弄虚作假
万物生，靠太阳（俗语） 来日方长
万紫千红总是春（航空公司名二） 多彩、东方
唯见贤而思齐者（科技方面称谓） 光学能人
唯有倒戈须择时（小家电） 单反相机
唯有儿孙忘不了（期刊名，卷帘格） 《名人传记》
尾生占卜还心愿（南通地名） 下原
温酒之前可豪放（南通著名景区） 濠河

翁仲怎能为仲翁（探骊格） 石人：颠道人
无端散出一天愁（化工名词） 释放空气
无须太久盐上市（《兰亭集序》一句） 少长咸集
无灾无难到公卿（交通祝词） 安全抵达
无灾无难到公卿（贬称谓） 太平官
吾将上下而求索（新闻事件） 查处天上人间
武皇开边意未已（电视剧） 《巴掌大的地方》
昔日别后伟人逝（南通历史名人） 苐一
喜看稻菽千重浪（饮料二） 谷粒多、可乐
喜形于色乐全家（照相机功能） 笑脸快门
先潜水，后冒泡（网络称谓） 泪包
先生每日泪涕零（音乐家） 冼星海
先偷袭，后活捉（南通地名） 龙舌
小孩前程莫干涉（古人二） 子由、子路
小心物燥引火灾（家电功能） 防干烧
鞋子按大小堆放（常言） 一码归一码
心向六一能放晴（深圳文化活动） 创意十二月
心胸狭窄且奸诈（警示语） 小心地滑
心中有鬼是恶魔（农作物） 亚麻
信了肚，卖了屋（房地产销售标识） 售房入口

注：面见《增广贤文》。

学不成名誓不还（中药二） 童便、远志

注：面出自毛泽东于1910年创作的七言绝句《七绝·改诗赠父亲》。

烟柳湖畔庙错落（农作物） 油麻
延期腾出群租房（电影） 《超时空同居》
言之貌若甚咸者（对中药味觉评论语，含中药名） 陈皮很苦
秧歌表演莫扰民（口语，卷帘格） 闹别扭
养花栽树先致富（美容项目） 种植头发
要拜访，先送礼（商贸名词） 供需见面
野渡无人舟自横（经济新词） 空港经济
夜半无人私语时（通信工具） 对讲机
夜半无人私语时（音响名词） 双低音

一杯一杯又一杯（人事用语） 连续提干
一别鸡年泪双流（酒水） 汾酒
一旦成妃两别离（商代人名） 妲己
一到武大始清贫（2017年春晚歌曲） 《天赋》
一饭三遗矢之人（电影） 《泄密者》
一封书到便兴师（日常行为，卷帘格） 打开信件
一封书到便兴师（古人称谓） 白起将军
一厘一分毫末也（安徽名镇） 毛坦厂
一流军队众人夸（职业称谓） 美甲师
一门父子几词客（京剧） 《苏三起解》
一日不见林散之（《桃花源记》一句） 未果
一上一上又一上（体检结论） 三高
注：面为明代唐寅诗句。
一生辛劳在田间（围棋语） 就地做活
一夕成梦心牵挂（地名） 林县
一夜飞渡镜湖月（京剧） 《高亮赶水》
一音奏起先秦韵（节气） 立春
宜将剩勇追穷寇（明代诗人二） 施武、莫止
以身作则拒红包（医学名词） 自我推拿
淫荡之气是妖孽（西游记人物） 黄风怪
引导服装新潮流（广告语） 着着领先
饮尽鸥鸟飞堂上（商业综合体） 欧尚
游击战，阻击战（网络新词） 运动打卡
游击最后炸炮楼（计算机设备类型） 移动终端
有理无钱莫进来（探骊格） 外币：第纳尔
有言在先请别怪（电影） 《情圣》
又见田中残月影（字） 翅
渔郎烟起晴空日（美食） 清炖鱼
雨落花开晓春来（旧称谓） 下放知青
雨落淮左古镇前（科学家） 霍金
语言不和终断交（法制典故） 五听
玉皇殿里独叫器（航天名词） 天宫一号

玉盘珍馐直万钱（新词语） 文化大餐
遇见美眉便宠之（电影） 《识色幸也》
元宵前后云散尽（传统节日） 二月二
原先食谱不丰富（电脑名词） 开始菜单
远庙半隐暮日下（外国政要） 莫迪
月光如水照缁衣（市场招贴语） 白发染黑
云鬓蓬松宝髻偏（经济新词） 错位发展
运筹帷幄于鹿城（计量用品） 温度计
战败于都邑之下（南通旧地名） 北城脚
掌上戏法真灵巧（日常行为） 玩手机
这个领导来炫富（人体外貌描述语） 一头秀发
枕前发尽千般愿（邮电业务） 夜间长话
直赞爹爹驱倭寇（神话故事） 夸父逐日
职员收入调得快（空调广告语） 工薪变频
致富之初有追求（微信用语） 发原图
中华美德记心上（古籍名） 《三国志》
中间藏着个土匪（南社人） 胡蒙子
终岁不闻丝竹声（法律名词） 调停一年
周瑜孙策娶妻妾（世界杯球员） 纳乔
住房改革莫恐慌（成语） 处变不惊
拄杖落地心茫然（《孟子》一句） 河东凶亦然
著书都为稻粱谋（俗语） 凭本事吃饭
篆刻技艺真神奇（《水浒传》人物绰号） 操刀鬼
自古朱颜不再来（食品品牌） 美好时光
自己从来没主张（亚洲族系） 老听人
自经丧乱少睡眠（储蓄名词二） 存折、无息
自言人心已涣散（科技词语） 信息
自友别后琴音断（日历用语） 今日立夏
总把色情来掩饰（《三国演义》人物称谓） 老将黄盖
纵火未遂被擒获（常言） 抓住要点
纵使相逢应不识（物理名词二） 短路、绝缘
纵使相逢应不识（广东谜人） 陈见生

走马灯为何能走(教育新词语) 转系热
醉酒一律受惩处(新闻事件) 高通被罚
白内障数载无好转(七言唐诗句) 年年岁岁花相似
不及黄泉勿相见也(地震学术语) 大地基准面
猜谜精于汉字别解(新词) 打工文化
长啸一声山鸣谷应(电信名词二) 音频、脉冲
冲锋号响彻沙家浜(股市名词) 震荡上攻
倒买倒卖空置楼盘(新词语,卷帘格) 房住不炒
东郊码头拆迁完成(高校新机构简称) 马院
二孩政策破解难题(外国电影) 《生化危机》
公真知魏王肺腑也(服务项目) 修理相机
注：面为《三国演义》夏侯惇语，公指杨修，魏王指丞相曹操。
护士打针一丝不苟(成语) 全神贯注
皇帝复函喜从天降(评书常用语) 上回书说道
加薪之后岂能酗酒(中药) 正柴胡饮
君子爱财取之有道(历史名词) 金钱会起义
开封府情急喊青天(动漫角色) 包包大人
累，没有娶到贤妻(口语) 吃力不讨好
连体姐妹手术失败(外国电影) 《分开怎能活下去》
流放后林冲入破庙(农作物) 油麻
面试不错考虑录用(典故) 张良择留
怒族，京族，藏族(《岳阳楼记》一句,掉尾格) 气象万千
破财巴结道上老大(少数民族称谓二) 金花、阿黑哥
千里之堤毁于蚁穴(反腐新词) 塌方式腐败
枪杆子里面出政权(《封神榜》人物) 武成王
情侣双方稍后见面(外交热词) 一对一会晤
去云贵川藏做生意(南通地名) 西南营
人有二心必惹是非(古文一句) 悲夫
三步一岗五步一哨(《西游记》人物) 八戒
山中土匪手到擒来(口语) 眉毛胡子一把抓
上疆场彼此弯弓月(体坛宿将) 陈镜开
上任之初视察消费(成语) 走马观花

为祖国，干了这酒（谜赛名） 华清杯
我给我喜儿扎起来（微信行为） 发红包
希望电影带来快乐（QQ功能） 图片说说
下坡之后再灭火烛（水产品） 皮皮虾
一把手就是一把手（俗称谓） 龙头老大
咋都是灯谜惹的祸（管理用语） 安全隐患
闸西，闸东，闸北（江苏地名） 南通
主人浏览马列著作（电视栏目） 东视经典
《祝福》《勿忘我》（电视剧） 《吉庆有余》
百姓家中，欢声笑语（文艺种类） 民间音乐
不积跬步无以至千里（足球明星） 小罗纳尔多
不要亮出晦涩的谜题（成语） 别开生面
不允许在家门口生事（球类用语） 打出界外
崇川大街，绍兴小弄（成语） 通衢越巷
初次见面，泛泛而谈（国家地理标志产品） 新会陈皮
大小贪官，要抓要打（生活用品二） 老虎钳、苍蝇拍
冬至园外，饮上半瓶（统计学名词） 饼图
二月春风，红楼梦中（传统游戏名） 石头剪刀布
匪来贸丝，来即我谋（常言） 生意不在情义在
分开支付，各占一半（常用词） 吩咐
股票调仓，恰逢其时（抢红包失败牢骚语） 换手机
冠军扑克，异常精致（电影） 《王牌特工》
寒来暑往，日月如梭（空调规格） 冷暖变频
寒暑易节，始一反矣（成语） 满载而归
红了樱桃，绿了芭蕉（中药二） 果丹皮、大青叶
话筒裹布，噪声可阻（电影） 《麦兜响当当》
欢鸣莫吹，闲聊不闻（食品名） 鸡柳
会面泡汤，随即晕倒（宋词一句） 人约黄昏后
借着酒气，再夸海口（五言唐诗一句） 春风吹又生
矜伪不长，盖虚不久（电视剧） 《真情到永远》
注：面见《韩非子·难一》。
酒后身热，出钱代驾（成语） 春暖花开

巨型肋条肉做成扎蹄（常言） 五花大绑
来也匆匆，去也匆匆（电影） 《生死时速》
兰秋相赐，桃李不言（电影） 《七月与安生》
注：兰秋为七月别称。
览物之情，得无异乎（山西旅游词，含地名） 大同观光
老是说谎，引来怨言（人事用语，含职务名） 总编招不满
雷霆暴怒，龟缩家中（口语） 大气不敢出
两点左右，有人开猜（宋代大将） 狄青
两军对决，活活受熬（小吃） 双拼生煎
两米开外，偏离磁靶（传统美食） 糍粑
刘歆原字为“子骏”（成语） 后起之秀
留下后援，来日出力（新称谓） 暖男
路途虽遥，一水可通（科技名词） 远距离波导
注：面见《红楼梦》。
乱坟之处，风残玉损（《水浒传》人物） 王义
缦立远视，而望幸焉（《三国演义》人名二） 张辽、向宠
注：面见《阿房宫赋》。
没有过错，请勿中伤（军事名词） 无差别攻击
梅林前头，口舌生甘（福建著名土特产） 甜粿
苗头不对，请勿讲话（诗人） 艾青
木兰向前，且与君别（新词语） 群租
目送归田，因此相思（台风名） 木恩
幕后揭出，立即开撕（西班牙球员） 拉莫斯
酿造技艺，传承不息（新闻报道语） 持续发酵
其心无二，日月可鉴（传统节日简称） 腊八
青梅竹马，心心相印（通信工具） 小灵通
青梅竹马，心心相印（称谓） 小同志
拳击比赛，强制读秒（口语） 倒计时
热烈表态，只生一个（电影） 《火云传奇》
人若犯乱，终食苦头（电视剧） 《苍狼》
肉食者鄙，未能远谋（口语） 得理不饶人
肉食者鄙，未能远谋（古称谓连生理现象） 小官人近视

肉食者鄙，未能远谋（南通宴席风俗） 上头菜
如此这般，专心开拓（网络词） 搬砖
如月之明，人尽仰之（八笔字） 昂
三点入沛，粮草先行（古代书法家） 米芾
上下出力，心花怒放（台风名） 卡努
生人入内，一概驱离（食品名） 牛肉
时辰一到，立即问斩（卫生防疫语） 定点宰杀
始终猜错，肚肠半牵（电视剧） 《猎场》
始终猜错，几无心虑（电视剧） 《猎虎》
双方约会，独自喝醉（新词语） 两聚一高
说话玄奥，令人费解（五言唐诗一句） 云深不知处
说起高铁，滔滔不绝（俗语） 满嘴跑火车
硕鼠硕鼠，无食我黍（棋类语二） 让子、停吃
送君千里，终须一别（体育称谓） 得分王
天气虽寒，送来温暖（物理名词二） 冷却、热传递
天下之人，信誉为先（南通地名） 兴仁
推介紫琅，口若悬河（经典歌词） 一道道山来一道道水

注：南通狼山又名紫琅。

脱衣即裸，穿衣便裹（字） 果
为我会晓春升职点赞（成语） 秦晋之好
尾生抱柱，始抱终没（招标用语） 一包一投
位置居下，分栏调整（古诗篇目） 《木兰辞》
稳住仲颖者，士元也（手机术语） 安卓系统

注：汉代董卓字仲颖。

五一期间，求婚表白（电影） 《234说爱你》
西装通过熨烫可防霉（人事用语，含职务名） 客服经理不上班
厦门、金门同赏烟花（成语） 隔岸观火
星城出兵设下口袋阵（家居用品名） 长沙发布套
训诲之情，怎能忘怀（老歌词） 教我如何不想她
言私其豵，献豜于公（分配语） 个人得小头，集体得大头

注：面见《诗经·七月》句。

燕雀高飞，一飞冲天（《红楼梦》人名） 焦大

要债归来，众说纷纭（口语） 讨回公道
一带一路，腾达之时（旅游电商词） 携程飞机
一桥飞架，百年梦圆（建筑学家） 梁思成
注：面为苏通大桥通车宣传语。
一人得道，鸡犬升天（股市语） 顺势上升
一人随之，人云亦云（文体活动简称） 大运会
一生了得，征杀敌后（中国旅游商品大赛得主） 李政
一生辛苦终成流浪者（世遗地址） 良渚古城
鹰击长空，鱼翔浅底（排球术语） 双快一游动
元宵前后，可来濠滨（作家） 二月河
执手相抚，再续前欢（电影） 《无双》
只生一个，控制人口（莫言作品） 《莫言传奇》
只要风度，不要温度（医学新词） 冷冻美容
主场将败，使出绝活（时政趣词） 东北放大招
“摇头丸”上瘾变糊涂（成语） 执迷不悟
臣鞠躬尽瘁，死而后已（哲学名词） 相对主义
夫起大呼，妇亦起大呼（影视称谓二） 男一号、女一号
结果失利，开始颤起来（莫言作品） 《檀香刑》
居庙堂之高，则忧其民（地方群称呼） 上虞老百姓
能够看透军统雨农局长（科技新词） 可穿戴
其立可折断，奇莫大也（电影） 《哥斯拉》
人方为刀俎，我为鱼肉（建筑设计名词） 自由分割
山东观众一再报以掌声（《曹刿论战》一句） 齐人三鼓
山有小口，仿佛若有光（热点地名） 洞朗
擅于在庄稼汉间处朋友（银行简称五） 工、农、中、建、交
试吃可以，盘子莫拿走（评论语） 品行不端
数风流人物，还看今朝（体坛风云人物） 范可新
下午三点到五点间出发（明代历史人物） 申时行
这不少前情逐之东流去（著名国学大师） 文怀沙
只盼着能在人前把话讲（骊珠格常言） 不再装聋作哑
注：面为《智取威虎山》唱词。谜底常别解为小常宝。
周扒皮夜观星辰诳长工（古小说一句） 鸡鸣早看天

注目不言之，稍打个盹（灯谜微信群名） 微谜会
“奋进号”为何提前返航（《桃花源记》一句） 便要还家
“红楼”粉丝团自报家门（第15届“五个一”工程获奖歌曲） 《我们都是追梦人》
SARS病魔，夺我生灵（《三国志》一句） 非典，吾命休也
依然关注当前半岛局势（电视专题片） 《还看今朝》
爱上山水后，皓首人终现（矿泉水品牌） 觅仙泉
庵中笋初现，寺间草木乱（宋词一句） 莫等闲
本是同根生，相煎何太急（网络流行语） 厉害了我的哥
不大吃大喝，不乱发奖金（电视剧） 《小燕和小嘉》
部队搞经营，坚决要禁止（《岳阳楼记》一句） 商旅不行
冲初入，破庙尽毁萧肃肃（生物制品） 疫苗
等下双十一，活动进行中（南通旧地名） 寺街
恶尽终有报，善尽终有报（成语） 心服口服
饭后百步走，活到九十九（戏剧行当） 长靠武生
各出掌中之字，互相观看（机场场所） 会合点
工作能出彩，日子有滋味（电视剧） 《活色生香》
宫中头牌人，岁末无暇日（外语名词） 片假名
古今多少事，都付笑谈中（中学学科三） 历史、几何、音乐
股票清仓后，狠狠赚一笔（汽车品牌冠美容行为） 抛光大发
海内存知己，天涯若比邻（陕西知名品牌） 交大博通
好友月月来，开个音乐会（字） 朋
合手抱双玉，空守终无缘（动画片） 《包宝宝》
嫁出去的女，泼出去的水（安徽镇名） 家发
叫声哥，鸭蛋山上来相见（会议简称） G20峰会
旧时，都平君麾下曾疾呼（第15届“五个一”工程获奖电影） 《古田军号》
君美甚，徐公何能及君也（歌手名） 容中尔甲
立即杀毒后，宽心重整理（节日） 母亲节
梁下有抱柱人，令人动容（售楼广告语） 拎包入住
量不足一百，薄不足一寸（南通地名） 白蒲
林区欠整理，推土造田去（家居品牌） 欧琳
留下另一半，发言请脱稿（电影） 《青禾男高》
盲人骑瞎马，夜半临深池（宋代诗人） 危复之

明明有变化，一一来夹击（景点名） 胭脂峡
莫教枝上啼，恐惊梦中人（银行用语） 调低利息
亲了君一口，仍然要分析（电影） 《新木乃伊》
青山遮不住，毕竟东流去（成语，卷帘格） 水落石出
若猜谜，请过来，终有赏（电影） 《财迷》
若夫淫雨霏霏，连月不开（通信器材） 共用天线
三架轰炸机，掠过巴格达（字） 邕
食后而生变，狱中已无言（电影） 《血狼犬》
室外竖天线，电视出图像（成语） 立竿见影
室中更无人，唯有乳下孙（新称谓） 留守儿童
受命于浙江，履职于钱塘（口语） 听之任之
双桶洗衣机，整机出故障（常用语） 不干不净
说话喷飞沫，可致非典症（成语二） 行云流水、感人肺腑
贪心七品官，办事不明断（食品名） 黑芝麻糊
倘若来苏北，无心忆离人（家居品牌） 尚艺
提前就位后，猜谜莫发声（家居品牌） 拉迷
天下南蛮定，解甲离闹市（水产品） 大闸蟹
天下清扫前，却先扫房后（电影） 《大护法》
头颅可抛去，人格何能丢（字） 顶
万般皆下品，唯有读书高（成语） 舍本事末
屋顶到地面，粉墙改旧貌（手机操作语） 上拉刷新，下拉刷新
夕卧东床上，坦腹肚尽露（高校简称二） 广外、复旦
行贿五位数，官位得晋升（外国作家） 塞万提斯
胭脂脸腮上，脉脉朦胧始（电影） 《八月》
遥怜故园菊，应伴战场开（圆明园内景点） 黄花阵
一半是火焰，一半是海水（常言） 热情洋溢
一念堪叫苦，错将芳心许（汉语名词） 古文字
一人到濠西，乔装变了样（南通地名） 大洋桥
忆当初，别西凉，去闹市（电影） 《惊门》
隐居种地者，梅妻鹤子也（农业新政） 退耕还林
由此先行礼，床前再尽孝（固原历史遗址） 孔子庙
犹有台前师，又可解难也（电影） 《雄狮》

有心且慢来，不日便知情(作家) 曼晴
狱中始下跪，低眉心生恨(电影) 《诡眼》
原来在京日子是良好愿景(电视剧) 《娘心》
战事白热化，出路在何处(汽车驾驶应急行为) 猛打方向盘
召回诀别后，女真侵北宋(福建地名) 诏安
只要有党在，洪水定能退(字) 共
煮豆燃豆萁，豆在釜中泣(称谓) 遇难同胞
自个喝闷酒，错过看对象(五言唐诗一句) 独酌无相亲
那关云长，卧蚕眉，丹凤眼(体育用品) 羽毛球
南通味精老厂经营陷入困境(外国电影) 《生化危机》

注：南通生化厂为南通生产味精为主的老牌化工厂，后改制、改名并搬迁。

小妹子要过河哪个来背俺呦(电视剧) 《我的经济适用男》
《总而言之》的风格永远不变(电影) 《保持通话》

注：《总而言之》为南通广播电视台著名南通方言类节目。

初始离合，后实拢意，杂糅也(民间谚语) 龙抬头
喝了咱的酒，一人敢走青杀口(医学名词，卷帘格) 胆固醇高
满头汗流干，出力夺冠建奇功(电视剧) 《大江大河》
若求占山为王，天下必伐其乱(电影) 《仙球大战》
若要生活太平，言行必须约束(旅客进站行为) 过安检点
说好按时相见，仍然姗姗来迟(金融名词) 约定还款
想走？没门！大家干了这杯酒(七言唐诗一句) 欲行不行各尽觞
雄赳赳，气昂昂，跨过鸭绿江(成语) 挺身而出
只有那两个石头狮子干净罢了(政治名词) 政府腐败
既不贪也不昏，芝麻官儿也虚伪(新词语) 清明小长假
炮火泻尽，横扫西部，解放闽中(苏北名小吃) 蟹黄包
起先走散，后下盘棋，该分开了(古文篇目) 《核舟记》
用战机航迹丈量祖国的大好河山(汽车品牌二) 飞度、中华
本人有过错，“治治病”后见奇效(电影) 《我不是药神》
除异端，得天下，为人王，终乱象(电影) 《火力全开》
动手难，起点高，如何入门费思考(典故) 推敲
临别东南盟前约，日日月月花已变(热播剧主人公) 蓝胭脂
墓前喑文勿吝之，势必尽力别先烈(文学界新现象) 莫言热

女排姑娘汗流干，成者为王夺其冠（世遗地址） 良渚古城
破格用人释前嫌，是贪是廉终将现（字） 赚
七十载雄心犹在，七十载昂首同干（南翔老字号） 日华轩
曲终收拨当心画，四弦一声如裂帛（手机用语） 调成震动
三人结私搞兵变，匠心独运除首领（电影） 《秦颂》
十家租税九家毕，虚受吾君蠲免恩（学校用语） 第一节课
书中自有千钟粟，书中自有颜如玉（汽车品牌） 丰田佳美
万千天才入堂来，世间地宝此处寻（本市企业简称） 精华制药

注：面为旧药铺对联。

王师北定中原日，家祭无忘告乃翁（书名） 《托尔斯泰传》
五花马，千金裘，呼儿将出换美酒（商业名词） 奢侈品
眼前有景道不得，崔颢题诗在上头（台湾谜人） 李次高
一骑红尘妃子笑，无人知是荔枝来（邮政词） 特快专递
在娘家青枝绿叶，到婆家面黄肌瘦（国外地名） 辛辛那提
座中泣下谁最多，江州司马青衫湿（电影） 《琴动我心》
冒险主义和保守主义都是非常过激的（表情包名二） 左太极、右太极
天产灵猴孙氏悟空道成归山，龙宫借宝（成语） 大海捞针
义妇冢，即梁山伯、祝英台同葬之地也（电影） 《蝴蝶公墓》

注：面见宋·张津《乾道四明图经》。

报载：共和国卫队正坚守底格里斯河北岸（《诗经》二句） 所谓伊人，在水一方
狼山军山剑山黄泥山马鞍山，风光各不同（旅游名词） AAAAA景区
南通农药厂成功搬迁，农药质量依然不变（常言） 江山易改，本性难移

注：原南通农药厂，上市后改名为“江山农化”。

南通西站到振兴路站，地铁一号线纵穿我市（成语） 首尾贯通
大圣行时忽见有五根肉红柱子，撑着一股青气（口语） 腾不出手

注：面见《西游记》第七回。

元和十年，予左迁九江郡司马，转徙于江湖间（成语） 放任自流
撤屏视之，一人、一桌、一椅、一扇、一抚尺如故（著名经济学家） 张五常

注：面见清代文学家林嗣环散文《口技》。

少不读“红楼”，壮不读“水浒”，老不读“三国”（古籍） 《古文观止》
入竹万竿斜/过江千尺浪/能开二月花/解落三秋叶（主题教育词） 反四风

注：面为唐代李峤诗歌《风》四句倒过来而成。

懿曰:“亮平生谨慎，不曾弄险。今大开城门，必有埋伏”(动画片）《太空特警》
忽一人大呼“火起”，夫起大呼，妇亦起大呼。两儿齐哭。
俄而百千人大呼，百千儿哭，百千犬吠。(语文名词）单引号

画谜选

（成语）弹丸之地

（成语）面目全非

（成语）一拍即合

（成语）风生水起

（出行方式戏称）打飞的

（五字口语）有点飘飘然

（京剧）《两张飞》

（四字口语）有两下子

（中草药）红景天

灯谜论文选

灯谜的休闲时代到来了吗?

谜界曾刮起一股休闲之风，一些人认为，大大小小的灯谜比赛火药味太浓，灯谜应走一条不搞比赛、自娱自乐的休闲之路，甚至有人欢呼：灯谜的休闲时代已经到来。

果真如此吗?

1∶100说明了什么?

1995年11月5日—8日，上海浦东文化馆、浦东新区社会发展局借座黄山宾馆及洋经乡举办“广洋杯海内外灯谜精英赛”，第一名得主获奖金500元人民币，这与以往各谜赛相比，应是一笔不小的数字。然而，就在当月的18日—25日，也在同一地点举办的“广洋杯中国象棋大师圣战”，“东北虎”赵国荣夺冠，获奖金50 000元人民币。1∶100说明了什么?能说明灯谜的含金量不如象棋吗?非也!我们只能这么认为：灯谜发展到今天，其社会地位还不高，社会影响力还很小，灯谜虽在谜人心中是高雅文化，但在许多谜外人眼里她仅是不登大雅之堂的雕虫小技。既然灯谜还处于这种境况，现在提倡灯谜休闲，是不是太早了呢?

灯谜你休闲得太早了

也许是“只缘身在此山中”，许多谜人对灯谜的现状非常看好，认为国内谜坛“形势一片大好”，或用最流行的话讲则是“国运昌，谜事盛”，果真如此吗？我们姑且不论在全国的各个省、市、自治区中究竟有几个省市有正常且广泛的灯谜活动，就拿灯谜活动搞得较好的江、浙、沪、闽、川、粤等省市来讲，作为灯谜活动主阵地的文化宫（馆）有几个不是为了点缀节日气氛或是为了写个漂亮的年终工作总结而挂上一些谜条应付差事的，有的文化宫（馆）则干脆将灯谜扫地出门，所以说灯谜繁荣还只是谜人圈子中的事。从广度上讲，灯谜爱好者远远不如棋类、书法、音乐爱好者众；从深度上讲，虽有许多用心良苦者正潜心构筑灯谜学的框架，但笔者认为这只能是一个良好的愿望而已，至少到目前为止，将灯谜立为一门学科还为时过早。现在，灯谜的普及与推广仍是众多谜人需要大力去做的现实问题，让灯谜为更多的人所熟悉，让灯谜研究进入一个新的高度，到那时再提灯谜休闲也未尝不可。

不比赛就是休闲吗？

关于休闲，许多人有这种观点，认为灯谜休闲就是不要搞竞猜，特别是电控竞猜等偏于激烈，会影响谜友间的友谊。我们姑且丢下这种观点不论，让我们重新回过头来审视灯谜这门独特的艺术形式，多少年来，人们一直认为灯谜的性质不外乎包括灯谜的艺术性、趣味性、思想性这三种范畴，而事实上，灯谜从其诞生至今，沿袭几千年，其艺术之树常青不败的一个根本原因（也是人们很容易忽视的一个原因）那就是灯谜有其独一无二的竞技性，从春秋时期的“秦客廋辞于朝”到西汉时期的东方朔射覆，从东汉杨修破“曹娥碑谜”到两宋文人以谜相酬，可以这么说，离开竞技性，灯谜将不成为谜。和京剧、书法、音乐等相比，同样作为一门艺术，灯谜可以玩赏性的一面远不如其竞技性的一面。试问，如果1987年《中国谜报》和中央电视台文艺部、《中国电视报》联合主办的“首届中华杯全国电视猜谜竞赛”的主要内容不是灯谜竞猜，而是灯谜欣赏或谜艺探讨等，它会达到当年仅次于春节联欢晚会的收视率吗？灯谜之所以受到群众的喜爱，就是灯谜竞技的激烈性和灯谜艺术的趣味性很吊人的胃口。另外，任何一门艺术要得到生存和发展，就离不开一定的经济保障，就目前我国现状而言，灯谜作为一门赔钱的艺术，国家还不可能像对待京剧一样专门拨款予以扶植和支持，各地文化宫（馆）也不可能花许多钱来搞灯谜，而灯谜只有通过企业（或个人）的资助得以发展，但企业（或个人）的资助不是无偿的，而是有偿的。这种有偿性就表现在企业通过灯谜展来扩大其知名度，企业资助灯谜展也正是看中灯谜竞技的激烈性和灯谜艺术的趣味性，这种竞技性和趣味性是灯谜吸引群众的一个重要原因。也许有人会说，当年南京新世纪公司不惜斥资20余万元举办“新世纪重阳谜会”不是没搞比赛吗？但是你可知道像新世纪公司这样既有财力又有远识的企业全国能有几家？况且该公司的副董事长叶达生先生是一位几十年来对灯谜事业十分执着的纯谜人。可以这么说，新世纪公司此举在国内谜坛是空前的，在相当长的一段时间内也将是绝后的。

换一个角度去思考问题，认为不搞比赛即休闲的观点是不是将休闲的概念理解得太狭窄了？从心理学角度上讲，人们无论参加纸上竞猜或电控抢猜，当猜中一条谜后，都会获得一种征服感，心理上都有一种享受的感觉，或称快感，如果一位谜人视猜谜为一种负担，认为参赛有伤身体，有伤友谊，那不如与灯谜一刀两断，彻底拜拜算了。

曾经一段时间，在台湾地区的大小谜事活动中都没有电控竞猜这一项，1980年，台北李次高、台南王火山等台湾谜人参加了漳州“首届中华灯谜艺术节”后，曾不无感慨地说：“……在台湾地区前所未见的电控竞猜等均令我们大开眼界”“贵会之电控竞猜，尤感刺激紧张，值得此地借鉴”。自此，电控竞猜这种形式在台湾地区也引进了，成为近两年来台湾地区举办的各种谜赛中的必备节目。

灯谜，切莫再走进孤芳自赏的死胡同

翻开灯谜史册，我们不难看出，灯谜的发展，经历了一个从民间到宫廷，再从宫廷回到民间的过程，在此期间，灯谜一旦成为少数士大夫或文人墨客标榜风雅、卖弄学问的工具时，其便会病态地发展。明末清初，一些文人在故纸堆里捉迷藏，只在四书五经上做文章，做出的灯谜晦涩难懂，使得灯谜一度脱离民众。直到清朝中叶，以张起南为代表的灯谜改良派开始冲破那些束缚灯谜发展的樊篱，主张灯谜要除旧布新，面向大众，提出了改革灯谜创作题材和健全谜格谜体、提高制谜技艺的主张，从此，灯谜才走上了健康发展的道路。中华人民共和国成立后，经过几代人的努力，灯谜终于脱胎换骨，重新回到人民群众的怀抱，而现在有些人提出灯谜走休闲之路，势必造成谜人的自我封闭，自我陶醉，使灯谜脱离群众，重蹈明末清初之覆辙，使灯谜再次走进孤芳自赏的死胡同，这，不能不引以为戒。

（本文参加1996年中华灯谜学术委员会宣传部等举办的全国灯谜论文征文大赛获唯一一等奖，1996年第4期《文虎摘锦》头版头条全文刊载）

能探风雅无穷意　始是乾坤绝妙词

——“石狮灯谜现象”的研究与思考

摘要：本文归纳了“石狮灯谜现象”的特点，探讨、分析了“石狮灯谜现象”产生的原因及给我们的启迪。

关键词：石狮；灯谜；区域文化；城市文化

中图分类号：G122

一、“石狮灯谜现象”命题提出的背景及其意义

我对石狮的感性认识应该始于1989年的“蚶江第二届侨乡谜会”，尽管在这之前喜欢灯谜、关心谜事的我已从一些媒体上了解到有关“灯谜之乡”蚶江的谜事报道，但这些报道只是零星的，我对蚶江的认识也仅限于理性层面上的。1989年4月22日，当我第一次踏上这个仰慕已久的“灯谜之乡”的土地时，我深深地被这个海边渔镇的灯谜文化气息所感染。现在想来，在我从谜二十年的生涯中，大大小小的谜会我参加了许多次，而1989年的“蚶江第二届侨乡谜会”却给我留下了难以磨灭的印象，其原因在于——这是唯一一次不住宾馆的谜会，也是唯一一次不在饭店吃饭的谜会。睡的是搭在新落成的蚶江小学教室内的简易床板，吃的是当地村民为我们做的富有渔乡特色的饭菜，如果按现在的眼光去评价的话，这种接待标准是够低的，但正是这种土得掉渣的接待方式使我对这个小镇产生了浓厚的兴趣，这个兴趣也许就是我今天提出“石狮灯谜现象”命题的发端吧！

1992年在漳州参加福建省“第二届灯谜节暨漳州灯谜艺术馆落成庆典”结束后，应苏温才先生的邀请，我和沈阳、宁波、安阳、上海等地的谜友再次拜会了石狮谜协，这次拜会得以与苏老促膝长谈，使我再一次加深了对石狮灯谜的印象。可以这么说，正是由于1989年的谜乡情结，近15年来我一直关注着石

狮的灯谜现象，不断从谜友的通信中，从谜报、谜刊及网站的报道中，从谜会、谜赛期间与石狮本地及其他谜友的交谈中探寻着各种有关灯谜的信息，而促使我正式思考这个命题的应该是2001年的“石狮首届中华灯谜艺术节”。2001年5月，当我第三次踏上石狮这块灯谜热土时，让我惊讶的不仅是今非昔比的石狮城市面貌，更多的是这次灯谜艺术节的组织水平、接待规格及当地群众的猜谜热情。两次谜会，相隔十二年，不变的是石狮人对灯谜的热爱始终如一，变了的是石狮人举办灯谜活动的能力在国内谜坛已成首屈一指之势。我常在思考，石狮，这个海边小城，何以能将灯谜这朵文艺小花植根于这片土地上，使之生根发芽，开花结果，进而奇香扑鼻，引得世人为之倾倒，为之陶醉呢？于是谜艺节回来后，我便查阅了大量的有关石狮灯谜的资料，史海钩沉，追根溯源，深入思考，寻找答案，并发表了《“谜乡”探谜底》一文（刊于2001年5月20日《南通日报》）。在求证的过程中，我也发现，其实近20年来海内外有关石狮灯谜的报道不计其数，有关石狮灯谜的学术论文也有，但将“石狮灯谜现象”作为独特的区域性文化现象进行系统研究的目前尚未发现。于是我拿起了笔，从事了这一拓荒性的工作。

我认为，进行这项研究，至少有以下几个方面的意义：

（1）探寻、分析“石狮灯谜现象”的特点及其产生的原因，从而找出一些规律性的东西；

（2）运用这些规律性的东西来指导石狮灯谜文化事业的发展，进一步提升石狮的灯谜文化品位；

（3）有利于全国各地借鉴石狮的成功经验，振兴中华谜坛，形成“万紫千红春满园”的喜人景象。

二、“石狮灯谜现象”的含义及其特点

对一个区域文化以“现象”的名义加以定义或命题，应符合三个基本条件：一是就文化而言，该区域为该文化的生存和发展提供了良好的条件；二是就区域而言，该文化已成为该区域内区域文化的重要组成部分；三是这种区域文化应有其鲜明的特点。从时空的角度分析石狮灯谜，它已具备了这三个基本条件。因此，所谓“石狮灯谜现象”，就是石狮具备了灯谜得以生存和发展的良

好空间，灯谜也成为石狮城市文化的重要组成部分，这种现象，既可以称之为“石狮灯谜”，也可以称之为“灯谜石狮”。“石狮灯谜现象”具体体现在其具有的如下鲜明特点：

1. 乡土性

一方水土养育一方人，一方水土更培植了一方独特的文化，石狮的灯谜也就散发着一股浓浓的乡土气息。由本乡本土的居民，根据本乡本土的题材，采用本乡本土的方言，创作出本乡本土群众喜闻乐见的灯谜作品，让本乡本土的居民去猜射，这就是“石狮灯谜现象”之“乡土性”特点。就灯谜作品而言，此类灯谜既通俗又文雅，既亲切又耐人寻味，既朴实又富有情趣，所以深受群众的理解和接受。百十年来石狮民间创造了大量优秀的乡土灯谜，如“乌兼粗”猜日用品“肥皂”，“商郎早过世”聊目二“贾儿，小谢”等。就流传方式而言，由于乡土灯谜多以方言入谜，或某些方言的文字十分偏僻，或者有其音而无其字，因此民间许多扣合贴切情趣盎然的乡土灯谜仅能凭口头叙述，难以用文字表达。这种不以文献作为载体，而在民间祖祖辈辈流传下来的乡土灯谜，成为“石狮灯谜现象”中一个极具特色的现象，也成为中华优秀传统文化宝库中一个弥足珍贵的遗产。

2. 专题性

“专题性”作为“石狮灯谜现象”的一个重要特征，其渊源可追溯到五十多年前。抗日战争胜利后，蚶江人林敦理，其家人从事航海，对船中掌故颇为熟悉，其制作的灯谜多以船俗、船上工具及各部件作为素材，常在中街开猜，吸引了蚶江船民、渔民三五成群地赶赴猜谜。从此许多人竞相效仿，制作了大量有关船舶、航海的灯谜，分别就地开猜。数年之后，凡船上可供制谜材料几被收罗一空，并扩展至渔业操作、鱼名等，这是目前为止见诸文献的有关石狮灯谜中“专题灯谜”的最早记载。中华人民共和国成立后，为了配合党的方针政策的宣传，石狮人举办了各式各样的专题谜会，如党建谜会、普法谜会、税法谜会、计生谜会、环保谜会、扫黄打非谜会、国土宣传谜会、科普知识谜会、征兵宣传谜会、人寿保险谜会、抗击非典谜会、谜慰忠魂谜会、谜悼邓公谜会、亚洲雄风谜会、颂改革谜会等，不胜枚举，形形色色的专题谜会既将灯谜作为载体宣传了党的方针政策，歌颂了改革开放的伟大成就，讴歌了老一辈革命家的丰功伟绩，也使得石狮谜人拓宽了灯谜创作的素材。可以这么说，在国内谜坛，能像石狮举办这么多专题谜会的城市也是绝无仅有的。“专题性”已成为“石狮灯谜现象”中一个显著的特点。

3. 外向性

由于独特的地理位置及历史渊源，侨乡石狮同福建其他一些沿海城市一样，与台湾地区、港澳地区及东南亚各地，在血缘、语言、文化、民俗诸方面都有着千丝万缕的联系，民俗猜谜活动也不例外。早在清乾隆四十九年，蚶江与台湾鹿港对渡，随着大量移民徙居台湾，蚶江灯谜随之传衍宝岛，1945年蚶江旅菲乡侨成立菲律宾锦江诗谜社，架起海内外乡谊与谜艺交流的桥梁。至今，石狮谜人和美国、菲律宾、泰国、马来西亚等10多个国家及港澳台地区的谜界都有密切的谜事交流往来。如台湾地区著名谜家朱家熹先生参加了蚶江侨乡谜会、港台–蚶江联谊谜会，菲律宾锦江谜社与福建蚶江侨乡谜社合办了联谊谜会，原蚶江灯谜组成员纪乃坤、林炳祖、林建成去往香港后在香港成立“蚶江旅港灯谜小组”与家乡谜界保持密切的联系等。台湾地区的《中华谜苑》连载蚶江谜文，菲律宾《世界时报》《商报》开辟“谜乡专栏”连载蚶江谜协提供的不少佳谜。石狮谜人和海外乡亲、港澳台地区同胞互通“谜”信，阅信揭谜，妙趣横生；石狮部分谜人出国交流谜艺，等等。目前，石狮灯谜正立足小城，享誉国内，走向海外。

4. 时代性

和其他文艺作品一样，石狮灯谜作品有着强烈的时代特色，这种时代特色既表现在石狮人能紧跟时代脉搏举办一些灯谜活动，也表现在石狮人能创作出一些反映时代风貌的灯谜作品。1931年9月18日，日本发动“九·一八”事变，野心勃勃侵占我国东三省。感于祖国河山受尽蹂躏，蚶江谜人林桂舟义愤填膺，在街头谜坛中，挂出两则谜条：其一“日本逆作，一败涂地”，猜字一“査”；其二“吾人能合作，定把倭奴灭”，猜字一“昨”。这两则谜条被群众猜出后，群情顿时激昂，声讨日寇之声充满谜场。此二谜即时传遍各地，均被赞为时代之佳作。

中华人民共和国成立后，石狮谜人紧贴时代步伐，举办了各种形式的、富有时代特色的谜会，如“迎亲谜会”“思亲谜会”“新婚谜会”“金婚谜会”“钻婚谜会”“寿星谜会”“敬老谜会”“家庭谜会”等。不管是在田间岸上，海边码头，还是战火纷飞的老山前线的猫耳洞里，以及开往南京的85次特快列车上，都留下了石狮谜人讴歌社会、服务人民的时代佳作。在石狮，“妇女主谜擂”“神童让奖券”“个人出谜书”“灯谜闹洞房”“夫妻同猜计生谜”“个人药店设谜台”“生产队长当灯谜组长”等作为新时代灯谜活动的典型而一时被传为佳话。

5. 连续性

“石狮灯谜现象”不是孤立存在于某一时期，只带有特定历史时代烙印的产物，也不是昙花一现的偶然现象，而是发展于各个时期，具有很强的连续性，史料表明，石狮古来即有悬灯射虎之习俗。据《泉州府志》记载：“明、清两代每年于开元寺大放花灯，并于灯下悬谜点缀，任人猜射。”石狮市蚶江镇作为泉州外港，清乾隆四十九年被辟为与台湾鹿港对渡港口，并设立海防分府，与台湾商船往来频繁，商贾云集，经济、文化盛极一时，这对灯谜一事无不影响。清末民初即有乡人林桂舟与乡里同好发起谈虎楼谜社，其沿袭旧俗，于元宵、中秋及农历七月十九之“普渡日”悬谜猜射，四方宾客纷至沓来，盛况空前；20世纪30年代，黄长春、王礼贤等当地谜坛主将更是创作了大量乡土谜供群众猜射，一时传为佳话；抗战胜利后，蚶江人林敦理制作了大量航海、船俗类灯谜，供蚶江船民及渔民猜射，开创了“专题灯谜”创作猜射的先河；中华人民共和国成立后，每逢春节、元宵、国庆等节假日都举行有奖猜射，且有大量群众参与灯谜活动。从20世纪80年代至今，石狮灯谜活动更是从未间断，且高潮迭起，令谜界瞩目，从“第一届蚶江侨乡谜会”到“蚶江第二届侨乡谜会”，从“石狮首届中华灯谜艺术节”的成功举办与“石狮第二届中华灯谜艺术节”的积极筹备，一次次的大手笔，无不印证了“石狮灯谜现象”这一“连续性”特点。

6. 全面性

“石狮灯谜现象”所凸现出来的另一个显著的特点就是“全面性”，论创作，苏温才的“玄宗下诏征禄山”猜七言唐诗一句“凭君传语报平安”，纪清华的“两袖清风过一生”猜辛弃疾词一句“廉颇老矣”，薛祖评的“一水隔开通行路，两地相思共一心”猜字“愆”，苏荣灿的“频年不解兵”猜交通工具“连载掩斗”、林清富的“全面改革，为人称道”猜新词语“三个代表”等作品均堪称传世之作。早在1990年5月，在福建首届青年灯谜邀请赛上，石狮谜协即获得团体竞赛第三名，林文裕、苏荣灿、林志攀、林清富等四员小将一举夺得个人竞赛、佳谜奖和命题创作的多个奖项；1992年2月，在福建省第二届灯谜节上，石狮谜协荣获佳谜创作、命题创作、评谜三项第二名，其中苏荣灿、林清富以全票获得最佳命题创作第一名，纪清华获最佳谜作第一名；1998年4月，在宝鸡市全国灯谜艺术节上，王人秋、林志攀、林清富、苏荣灿分获佳谜奖和命题创作奖……无须一一罗列，石狮谜人的创作水平由此可见一斑；论猜射，石狮谜人的猜谜水平更是技高一筹，作为“首届中华灯谜锦标赛”的冠军得主，石狮谜协在全省乃至全国的谜赛上获得的猜谜奖项也是不计其数，而且这种较高的猜谜水平不仅体现在谜协会员这些“专业”选手身上，就连普通市民的猜谜水平也非一般。记得在“石狮首届中华灯谜艺术节”的“万条灯谜庆佳节”对外展猜中，江苏展区共悬出灯谜作品80条，在2小时之内竟被群众猜中72条，其猜谜水平之高，就连“专业”谜人也不得不服；论学术研究，石狮人也体现了较高的水平，石狮谜协会员的论文不仅在省内外的比赛上获奖，而且有的被刊载于《人民日报》等国家级报刊上，其中林祖武先生更是一名多产作家，其作品《灯谜巧结两地心》《福建谜史初探》《溯源穷本，异曲同工》，以及林祖炳先生的《蚶江乡土灯谜史略》，苏温才先生的《虎穴追踪》《试论制谜的技巧》《闽台灯谜源远流长》《试论徐妃格于题意之外》等文章或阐述了闽地灯谜的渊源，或提出了灯谜创作的技巧，颇具学术价值。迄今为止，石狮谜协先后主编了《狮城雄风》（七期）、《石狮谜苑》（八期），并且承编了省灯谜协会的会刊《八闽商灯》（第二期）以及蚶江侨乡谜乡的《谈虎》（十八期）、《蚶江侨乡谜会会刊》（二期）、《教学灯谜》等。难能可贵的是市灯谜协会会员还自费编印了不少灯谜书籍，如苏温才的《虎影》《海外探骊珠》、薛祖平的《活页谜话》、纪清华的《滴水集》、苏荣灿的《鳌城虎踪》、林祖炳的《耕耘集》、林清富的《伏虎集锦》、许孙育的《听潮灯话》等，这些刊物成为石狮灯谜爱好者发表作品、进行学术交流的园地。另外，追记已故谜家苏温才先生的《苏温才灯谜选注》，王景超、林祖炳、黄杏川合编的《蚶江乡土灯谜简注》，林清富担任编委的《当代青年灯谜精选》等灯谜专著由出版社正式出版，《灯谜之乡——蚶江》被选入“泉州小学乡土教材”。

7. 开拓性

石狮人敢于创新，勇于开拓，造就了石狮灯谜的“开拓性”；石狮谜人不循规蹈矩，敢吃螃蟹，创造了国内谜坛的多项“第一”，例如1983年举办的威震谜坛、风播海外的“蚶江侨乡谜会 ”即创下了两个“第一”：第一个由农村基层组织的全国性谜会，第一个将电控竞猜列为活动的全国性谜会；一个“最多”：蚶江侨乡谜会是历届命题创作最多的全国性谜会。因而《中国谜报》在《浅谈灯谜的社会价值》一文中指出：素有“灯谜之乡，华侨之乡”双誉的福建省石狮市蚶江镇举办的侨乡谜会，不仅在中国谜界开创了先例，而且对海峡两岸直至海外侨胞发生的政治影响也是极其深刻的。还有1993年2月3日晚，石狮市灯谜协会与石狮信息交易中心于市区友谊大厦二、三楼墙体外的超大型电子滚动屏幕上，应用当时最先进的电脑科技进行灯谜竞猜，开创国内谜坛之先河；再如2001年举办的“石狮首届中华灯谜艺术节”也创下了两个“第一”：第一次根据选手团体电控预、决赛和笔试的总成绩而设立“金箭奖”，艺术节的“苏温才灯谜艺术学术研讨会”论文总奖金3 500元，为全国谜坛第一；同样，此次的“石狮首届国际华人灯谜邀请赛暨第二届中华灯谜艺术节”，石狮人又一次创造了一个“全国第一”；“文明杯”网络灯谜精英赛开创了网络灯谜团体现场抢猜的先河。

三、“石狮灯谜现象”产生的原因

1. 闽文化的开放性和兼容性是“石狮灯谜现象”产生的文化背景

文化是特定地理背景下地域社会经济发展的产物，其内涵包括一定地域内历史发展过程中本土居民的思想观念、意识形态以及两者外化不同形式（如语言、文物、风俗等）和不同内容（如哲学、宗教、文学、艺术等）。因此文化本身就蕴涵着人类群体、历史条件和地理环境三个基本要素，它不仅具有民族性和时代性，更重要的还具有地域性。闽，作为一个地域概念，是一个由武夷山脉、太姥山脉、博平岭山脉等环绕而成的地理单元，它北连浙江，南接广东，西临江西，东与台湾地区隔海相望，闽文化就是植根于这片土地，从旧石器时代开始历经多种文化的冲击与融合，在相对独立的地理环境中逐步发展成熟的地域文化，这种地域文化包容了原始土著文化、中原汉族文化、海外文化、海洋文化等形态，而石狮作为福建东部的沿海城市，除具有上述闽文化的包容性外，还具备典型的“海口型”文化特征。因此，在宋元以后的中国历史发展史上，它成了一个能广泛接受外来文化的“海口”。灯谜，这种极具中原汉族文化特征的艺术形式，在自西晋末年至南宋初年的八百年的中原移民入闽的过程中，也纳入闽文化的范畴之中，并且也因这种“海口型”文化的特征，使得灯谜也从石狮渗透到其他一些国家和地区，因此，闽文化的开放性和兼容性是“石狮灯谜现象”产生的文化背景。

2. 经济的发展为“石狮灯谜现象”的产生、发展和延续奠定了坚实的物质基础

区域文化作为社会意识形态的组成部分，归根到底是由经济基础决定的。石狮市地处闽南金三角沿海突出部，位于文化历史名城泉州和经济特区厦门之间，市域三面临海，海岸线长67.7千米，全市面积160平方千米。这里是古代海上“丝绸之路”出洋的必经之地，1987年12月国务院批准石狮由镇升格为省辖县级市以来，石狮市委、市政府坚持以邓小平同志建设有中国特色的社会主义理论为指导，锐意改革，大胆开拓，率先发展社会主义市场经济，实现了国民经济和社会事业的持续、快速、健康发展。2002年全市实现国民生产总值107.5亿元、工农业总产值178.1亿元、财政总收入7.1亿元，城市居民人均可支配收入9 980元，农民人均纯收入6 910元，各项主要经济指标均比建市时增长30倍以上，人均国民生产总值和人均财政收入分别居全国县级单位第6名和第8名，从1993年起连年跻身全国经济综合实力百强县（市）之列，2002年位列“全国100个最发达县（市）”第16位。国家统计局农调总队对全国县域社会经济统计资料进行测算结果表明，石狮市名列我国2002年“最发达100县（市、区）”第22名，综合发展指数值为65.39分，比全国县域社会经济综合发展平均指数高36.29分，比“最发达100县（市、区）”综合指数平均值高5.59分。石狮经济的发展为“石狮灯谜现象”的产生、发展和延续奠定了坚实的物质基础。

3. 各级政府的高度重视推动了“石狮灯谜现象”的繁荣

“石狮灯谜现象”的产生有其发展的客观因素，也有主观重视的作用，这是石狮各级党、政领导长期重视“两个文明”一起抓的必然结果。石狮人在大力

发展经济的同时也不断充实精神文明建设的内涵，石狮市先后荣获“全国科技百强县（市）”“全国卫生城市”“全国体育先进城市”“全国双拥模范城市”“全国武术之乡”“全省精神文明一级达标城市”“全省文化先进城市”等荣誉称号。在这样一个崇尚文化的政府领导之下，灯谜也就有了其延伸扎根的肥沃土壤，由于各级领导的重视，灯谜在石狮市已从原有的用于民间娱乐的所谓“雕虫小技”而一跃上升为官方的进行社会主义精神文明建设的文化大餐。这具体表现在石狮的许多灯谜活动都由各级政府举办，如每年的“世界环境日”，由石狮市环保局和石狮市灯谜协会举办的“环保主题”谜事活动、石狮市计生委等单位主办的“计划生育”谜事活动以及由市科技文体旅游局等主办的“石狮首届灯谜艺术节”以及由石狮市政府主办的“石狮市首届华人灯谜邀请赛暨石狮第二届中华灯谜艺术节”等等。石狮的各级政府不仅在灯谜活动中舍得出钱出力，而且各级政府领导还直接关心活动的进展情况，如在“石狮首届中华灯谜艺术节”上，石狮市委、市政府各级领导亲临大会致辞，与莅会代表热情交流，具体指导谜会的工作等，无不体现了石狮各级领导重视灯谜文化的良好风尚，正是各级政府的高度重视，使得“石狮灯谜现象”在石狮这片崇文的沃土上得以生根发芽，繁荣昌盛。

4.“石狮灯谜现象”是几代石狮谜人勇于开拓、不懈努力的结果

“石狮灯谜现象”的产生除得益于一些客观因素外，更多的则是几代石狮谜人主观努力的结果，“石狮灯谜现象”的产生凝结着几代石狮谜人的心血。中华人民共和国成立前，林桂舟、黄长春、王礼贤、林敦礼等开创了近、现代石狮灯谜活动的先河；中华人民共和国成立后，纪乃坤、林炳阳、林建成、郭建义、薛祖评、许孙育、林祖炳、黄杏村、苏温才、林联丰、纪清华、林祖武、纪培明等为“石狮灯谜现象”的产生奠定了坚实的基础；在20世纪末及进入21世纪以来，苏荣灿、纪培明、吴泽荣、林志攀、林清富、蔡宗程、李国宏、李德生、蔡卫东、蔡民强、蔡金龙、薛道达、林文裕、林松龄、张德伟等众多充满朝气的新一代谜人开创了石狮灯谜事业的新局面。可以这么说，正是几代石狮谜人脚踏实地、兢兢业业、乐于奉献地工作，才使得石狮灯谜事业能够继往开来、独树一帜，才使得“石狮灯谜现象”得以产生并发扬光大。

5.“石狮灯谜现象”是石狮市大力加强社会主义精神文明建设的必然结果，是人民群众对社会主义先进文化的期盼和呼唤

石狮市在积极发展经济的同时也大力加强精神文明建设，长期以来，始终以提高人的素质为重点，大力加强精神文明建设，形成了以“群众为主题、片区为载体、企业当骨干、军民共参与”的精神文明格局；以“三大创建”活动为突破口的群众性精神文明创建活动成效显著，曾涌现出公安局刑警大队、凤里派出所、检察院控申接待室等一批全国先进典型，并先后获得“全国体育先进市”“全国双拥模范城”“全国卫生先进城市”“全国科技先进市”“福建省精神文明建设先进城市”等荣誉，因此，在这样一座城市里，“石狮灯谜现象”的出现不是偶然的，它是石狮市大力加强社会主义精神文明建设的必然结果。

灯谜，作为汉民族独有的、以汉语言文字为载体的艺术形式，它虽系“雕虫小技”，但能以极其简洁的方式来直接表现中国语言文字的特色，作为一门“迷你艺术”或“缩微艺术”，它“纤巧以弄思，浅察以衒辞；义欲婉而正，辞欲隐而显”。一则灯谜，少则不著一字（如一空白谜笺射中药名“文无”），却尽得风流；多也不过数十字，却能将中国汉字的形、音、义表现得淋漓尽致，或将人类历史长河中的波澜壮阔浓缩于灯谜作品的字里行间。猜射灯谜，能增强知识，锻炼思维，陶冶情操，愉悦身心，因此千百年来人民群众对灯谜艺术情有独钟。而近二三十年来，石狮谜人赋予了灯谜以新的生命力，他们将灯谜艺术作为社会主义先进文化的组成部分，用灯谜艺术宣传党的方针政策、讴歌社会主义建设的伟大成就、弘扬社会主义优良风尚，因而灯谜也成为石狮文化建设中一个不可或缺的形式，“石狮灯谜现象”是人民群众对社会主义先进文化的期盼和呼唤。

四、“石狮灯谜现象”给我们的启示

1. 开展灯谜活动要有新思维、新路子，不断提升灯谜艺术的文化品位

纵观中华人民共和国成立50多年以来的当代谜史，我们不难发现，我国灯谜事业的发展经历了这样一个历程：20世纪50年代以各地群众性灯谜小组的兴起为标志的新中国灯谜事业的萌芽期、60年代末到70年代初为灯谜事业的休眠

期、70年代中到80年代初以“南京九城市会猜”为标志的新中国灯谜事业的复苏期、80年代到90年代为以各地灯谜协会相继成立为标志的灯谜事业的高潮期。90年代末到21世纪初以来，由于其他各种文化对灯谜事业的冲击，加之近几年来国家对各地文化宫（馆）的事业经费的减拨或停拨，使得原本依赖这些文化宫（馆）而存在的灯谜协会面临着生存危机，灯谜协会是就此解散还是另谋出路？全国各地的谜人使出了不少的招数，一个通常的做法就是这些灯谜组织屈尊嫁作“商人妇”，伴上一些企业“大款”，以“文企联姻”的形式维持灯谜组织的生存。我们对此做法无可厚非，因为它确实在一定程度上拓宽了灯谜事业的生存空间，但我们也应该清醒地看到，至少下列两个原因可以说明这种“文企联姻”的形式并不十分有利于灯谜事业长期健康地发展：一是中国企业发展的不稳定性难以保证灯谜事业的长期发展，“巨人”集团的倒闭、“爱多”公司的垮台皆可为证，更何况那些中小企业呢？二是企业固有的功利性也难以保证灯谜事业健康地发展。灯谜“下嫁”给企业后，作为企业的附庸品，从灯谜作品的创作到灯谜活动的开展，必须服从于企业的功利性要求，这就有可能使灯谜脱离其文化的本质而染上浓浓的商业气息，这样的话，灯谜事业的健康发展将受到影响，那么，灯谜事业的发展是不是到了山穷水尽的境地呢？答案是否定的！“石狮灯谜现象”为我们找到灯谜发展的“又一村”，灯谜组织与国家机关、政府有关部门联姻，利用灯谜的益智性与雅趣性宣传社会主义精神文明，这样既宣传了党和国家的方针政策，又保证了灯谜活动的经费，还提升了灯谜的艺术层次及文化品位，凭着灯谜本身的艺术价值和文化品位，“文企联姻”只是一种委曲求全的“下嫁”行为，而“文政联姻”才是“门当户对”的“美满姻缘”。“石狮灯谜现象”带给我们正是这样的启示。

2. 城市的发展必须挖掘培养城市文化资源，建设个性化的城市文化

文化生存是民族生存的前提和条件。文化生存的状态，不仅仅积淀着一个国家、民族和城市的过去的全部文化创造和文明成果，而且还蕴涵着一个国家、民族和城市走向未来的一切可持续发展的文化基因，是这个国家、民族、城市存在和发展的全部价值与合理性之所在。石狮，这个地处东南沿海的边陲小镇，1987年建市前只是晋江的一小部分，论面积不过是160平方千米的“弹丸之地”，论人口，它充其量是连常驻外来人口在一起还不到50万的袖珍城

市，论历史，其单独建市才“十五岁”，可就是这个年轻的城市，不仅取得经济建设的巨大成就，在城市文化建设方面也结出了丰硕的成果。“石狮灯谜现象”启迪我们：城市文化是城市发展的动力，城市的发展必须充分挖掘培养城市的文化资源，这种文化资源必须是能为本地群众所喜闻乐见的、具有本地乡土色彩的、有其历史底蕴的个性化文化资源，并在此基础上建设个性化的城市文化。

3. 增强信心，坚定信念，始终坚持代表先进文化的方向

文化，是一定社会的经济和政治在观念形态上的反映，是人类社会历史发展的积淀和产物。先进文化顺应历史潮流、反映时代精神、代表未来方向，是人类文明进步的结晶，是符合人类发展规律的。在改革开放和社会主义市场经济建立和完善的过程中，灯谜文化和中国其他传统文化一样，虽经过其他异类文化的冲击，但经过短暂的调整和适应，已逐渐实现了文化的转型，成为建设中国特色社会主义文化的有机组成部分，并在建设中国特色社会主义的实践中结出了硕果——“石狮灯谜现象”。一个发展的民族，必须有一种生机勃勃、昂扬向上的精神；一个发展的城市，必须有一种积极健康、充满个性的城市文化。今天，我们总结、研究“石狮灯谜现象”，就是要增强信心，坚持信念，始终坚持代表先进文化的方向，大力弘扬优秀的传统文化，推动全社会文化事业的全面繁荣，不断满足人民日益增长的精神文明的需要。

参考文献

[1] 王景超，林祖炳，黄杏川．蚶江乡土灯谜间注[M]．北京：中国华侨出版社，1996.

[2] 关德安．苏温才先生灯谜选注[M]．大连：辽宁科学技术出版社，1994.

[3] 王晓文．闽文化的多元性及其地缘环境分析[J]．福建师范大学学报，2002（1）：96-100.

[4] 李　云．文化建设在城市发展中的作用[J]．攀登，2002（6）：93-96.

[5] 刘登翰．论闽台文化的地域特征[J]．东南学术，2002（6）：109-119.

[6]《狮城雄风》网站（http://dengmi.nease.net）.

（本文获2003 年“石狮首届国际华人灯谜邀请赛暨第二届中华灯谜艺术节” 之“石狮灯谜之路”论坛论文唯一一等奖）

灯谜申报国家级非物质文化遗产的可行性研究

摘要：灯谜申报国家级非物质文化遗产具有重要意义，灯谜具备申报国家级非物质文化遗产的相关条件，中华灯谜学术委员会应为灯谜申报国家级非物质文化遗产而积极工作。

关键词：灯谜；文化遗产；非物质文化遗产；民间文化

中国分类号：G122

1. 引言

2006年7月13日，从联合国教科文组织第三十届世界遗产大会上传来喜讯：河南安阳商代遗址——殷墟被批准入选世界文化遗产名录。消息传来，国人为之振奋，谜人更是欢呼雀跃，因为灯谜与殷墟有着相似的文化渊源，有着同样的文化载体——中国汉字，欢呼之余，一个崭新的问题也摆在我们面前，作为世界文化之林中具有浓厚民族色彩与特殊思维风格的灯谜艺术，是否也可以申报国家级非物质文化遗产呢？带着这样的问题，笔者查阅了大量的资料，浏览了众多网站，对文化遗产的相关知识有了一个比较全面的认识，并站在世界文化遗产的角度重新审视灯谜这门艺术，继而逐步形成了灯谜申报国家级非物质文化遗产的可行性报告，提交给各位领导、专家审议。

2. 非物质文化遗产概况及国家级非物质文化遗产申报标准介绍

2.1　非物质文化遗产概况

文化遗产包括物质文化遗产和非物质文化遗产。物质文化遗产是具有历史、艺术和科学价值的文物，包括古遗址、古墓葬、古建筑、石窟寺、石刻、壁画、近代现代重要史迹及代表性建筑等不可移动文物，历史上各时代的重要实物、艺术品、文献、手稿、图书资料等可移动文物，以及在建筑式样、分布均匀或与环境景色结合方面具有突出普遍价值的历史文化名城（街区、村镇）。其中非物质文化遗产是指各种以非物质形态存在的与群众生活密切相关、世代相承的传统文化表现形式，包括口头传统、传统表演艺术、民俗活动和礼仪与节庆、有关自然界和宇宙的民间传统知识和实践、传统手工艺技能等以及与上述传统文化表现形式相关的文化空间。承载着人类社会的文明，是世界文化多样性的体现。我国非物质文化遗产所蕴含的中华民族特有的精神价值、思维方式、非物质文化遗产与物质文化遗产共同想象力和文化意识，是维护我国文化身份和文化主权的基本依据。

随着全球化趋势和现代化进程的加快，非物质文化遗产受到越来越大的冲击。一些依靠口授和行为传承的文化遗产正在不断消失，许多传统技艺濒临消亡，大量有历史、文化价值的珍贵实物与资料遭到毁弃或流失境外，随意滥用、过度开发非物质文化遗产的现象时有发生。

很多国人的非物质文化遗产危机感是从韩国端午祭申遗成功那一刻被唤起的。社会开始反思我们对于传统文化和非物质遗产的态度。非物质文化遗产具有共享性，它不局限于一个民族的范畴，中国的文化被别人认同并不是坏事。然而，另一方面，这一事件也给我们敲响了警钟：非物质文化遗产亟待保护！

2006年5月20日，国务院公布了第一批国家级非物质文化遗产（共518项）名录，其中，由中国楹联学会申报的“楹联习俗”榜上有名，而灯谜艺术却无缘上榜，这不能不说是一种遗憾。

2.2 国家级非物质文化遗产评审标准介绍

2005年3月26日，《国务院办公厅关于加强我国非物质文化遗产保护工作的意见》的附件《国家级非物质文化遗产代表作申报评定暂行办法》除了对非物质文化遗产的概念、类型、范围等做了具体界定外，还对非物质文化遗产的申报标准做了具体规定：国家级非物质文化遗产代表作的申报项目，应是具有杰出价值的民间传统文化表现形式或文化空间；或在非物质文化遗产中具有典型意义；或在历史、艺术、民族学、民俗学、社会学、人类学、语言学及文学等方面具有重要价值。

具体评审标准如下：

（1）具有展现中华民族文化创造力的杰出价值；

（2）扎根于相关社区的文化传统，世代相传，具有鲜明的地方特色；

（3）具有促进中华民族文化认同、增强社会凝聚力、增进民族团结和社会稳定的作用，是文化交流的重要纽带；

（4）出色地运用传统工艺和技能，体现出高超的水平；

（5）具有见证中华民族鲜活文化传统的独特价值；

（6）对维系中华民族的文化传承具有重要意义，同时因社会变革或缺乏保护措施而面临消失的危险。

3. 灯谜申报国家级非物质文化遗产的目的和意义

灯谜申报国家级非物质文化遗产，具有如下目的和意义：

3.1 有利于加强灯谜艺术的文化自觉和文化认同,提高全社会对灯谜艺术的认知度,提高对灯谜艺术整体性和历史连续性的认识,使灯谜真正登上大雅之堂

在世界文化发展史上，能够像灯谜之于汉民族那样相依相伴、相得益彰的艺术形式屈指可数。几千年来，灯谜艺术经历了从民间到宫廷，再从宫廷回到民间的发展轨迹，但是人们对灯谜艺术的文化认同大多还停留在一个较低的层次上面，“雕虫小技”仍然是许多人对灯谜的艺术定位，民间包括许多灯谜专家对于灯谜艺术的整体性和历史连续性缺乏必要的认识，以上种种，使得灯谜难以真正地登上大雅之堂。灯谜申报国家级非物质文化遗产，有利于加强灯谜艺术的文化自觉和文化认同，提高全社会对灯谜艺术的认知度，及对灯谜艺术整体性和历史连续性的认识，使灯谜真正登上大雅之堂。

3.2 有利于对灯谜艺术的抢救、挖掘、保护和继承

作为一项非物质文化遗产，灯谜（包括谜语）以口头或文献的形式世代相承，但是，随着近二十年来各种外来文化的渗透及娱乐形式多样性的出现，使得灯谜艺术的群众基础渐显单薄，灯谜艺术的生存、发展空间日受排挤，灯谜申报国家级文化遗产，将有利于对灯谜艺术的抢救、挖掘、保护和继承。

3.3 尊重和彰显中华灯谜学术委员会、各级地方灯谜组织以及几千年来众多谜人对灯谜艺术的贡献,展示中国人文传统的丰富性

回顾灯谜的发展史，众多谜家为灯谜艺术的传承、发展呕心沥血，甚至付出毕生的精力，尤其是近几十年来，中华灯谜学术委员会、各级地方灯谜组织以及众多谜人为中华灯谜艺术的发扬光大做出了不可磨灭的贡献，灯谜申报国家级文化遗产，可以尊重和彰显中华灯谜学术委员会、各级地方灯谜组织以及几千年来众多谜人对灯谜艺术的贡献，展示中国人文传统的丰富性。

3.4 可以鼓励公民、企事业单位、文化教育科研机构、其他社会组织积极参与灯谜艺术保护工作

灯谜作为一项源远流长、博大精深的民间艺术，要对其保护，仅仅依靠民间谜人的力量是不够的，灯谜申报国家级非物质文化遗产，可以鼓励更多的公民、企事业单位、文化教育科研机构、其他社会组织积极参与灯谜艺术保护工作，从而使保护灯谜艺术成为全社会一种自觉的行为。

3.5 可以更好地发挥灯谜艺术的作用和价值

作为一项具有娱乐性、艺术性、益智性等诸多特性的民间艺术，灯谜的作用和价值早为世人所认可，灯谜申报国家级非物质文化遗产，将更加有利于发挥灯谜艺术的作用和价值，使灯谜艺术成为为世人所共享的一门高雅艺术。

4. 灯谜具备申报国家级非物质文化遗产的基础和条件

对照国家级非物质文化遗产评审标准，我们认为，灯谜具有杰出价值的民间传统文化表现形式或文化空间，灯谜的内容和形式在艺术、民俗学、语言学及文学等方面具有重要价值，灯谜具有展现中华民族文化创造力的杰出特征，具有见证中华民族鲜活文化传统的独特价值:

4.1 悠久的历史构筑了灯谜作为汉文化独一无二、不可或缺的艺术形式

中华灯谜源远流长，距今已有三千五百多年的历史。灯谜诞生于中华民族博大精深、历史悠久的文化长河之中，自它的前身隐语、廋辞起，就打上了深深的民族文化的文化烙印。灯谜起源于民间口头文学，是人民群众长期社会实

践的产物，是劳动人民聪明才智的表现。“中国的谜语可以说和文字同样久远”（朱光潜语）。据文献记载，灯谜经历了先秦隐语、廋辞，汉魏六朝离合体谜以至隋唐谜语这样长时间演变、进化的发展过程；两宋时“谜”与“灯”结合，始定其名；明清之后，灯谜始开博征广引、驱使群书、善用成句之先河，俾使形成雅正清新、自然贴切的制谜之风，由此“新声竞唱，而古谜遂衰”（钱南扬《谜史》）；中华人民共和国成立以后，灯谜艺术形成了百花齐放，百家争鸣的喜人局面。纵观灯谜的历史长河，灯谜和对联等艺术形态一样，是始终作为汉文化独一无二、不可或缺的艺术形式与汉民族同发展，灯谜作为汉民族独有的文化名片，从一个角度展示了中华民族博大精深与源远流长的文化空间和艺术底蕴。

4.2　回互其辞的艺术特征形成了灯谜艺术独特的竞技技巧与思维方式

中华民族的语言是以汉字为载体的，而汉字自仓颉造字开始，就运用了“六书”原理，灯谜就是利用汉字的形、音、义三要素之复杂变化为依托而展开的。其中，“义”是文字的出发点，也是文字的最终目的，“义变”是文字变化的基础。所谓“义变”，就是用非本义的含义，即“歧义”去解释的结果——此谓“别解”，亦如南朝梁·刘勰在《文心雕龙·谐隐》中给魏以后的谜语下定义云：“谜也者，回互其辞，使昏迷也。或体目文字，或图像品物；纤巧以弄思，浅察以炫辞；义欲婉而正，辞欲隐而显”。“别解”成就了灯谜回互其辞的艺术特征，“别解”是求异思维的一种具体体现。求异思维则是人类思维中最有创造性、必不可少的一种思维品质，求异思维体现在以语言文字学为基础并综合其他社会学科的文艺作品中，要求创作者能大胆突破人们头脑里固有的思维定式，独具慧眼，另辟蹊径，使作品“存乎情理之中，出乎意料之外”，形成妙趣横生、耐人寻味的艺术效果。灯谜艺术独特的竞技技巧与思维方式就是基于灯谜“回互其辞”的艺术特征，这种艺术特征可以产生“绕梁三日，回味无穷”的艺术效果。

灯谜作为一门独特的艺术形式，有着一套与生俱来的特殊的思维方式。最为明显的是，灯谜通过多重、异化思维，对谜面、谜底固有含义进行谬化演绎，对诗文原有意境进行巧妙置换，从而产生既出乎意料又在情理之中的奇特效果。这种多重暗设的变化演绎是灯谜赖以成趣、存在、发展并区别于其他文学样式的根本。灯谜即依据这一特点，将谜面或谜底概念本身所反映的原有客观属性中，选取一项或几项作为逻辑思维的出发点，进行超常思考、异化组合、逆反推理。由于概念的演绎往往与既定的形象意境大相径庭，因此能产生出逗人的情趣和滑稽的效果。可以说，灯谜贵在别解，谜面、谜底之间通过异化思维达致相互契合，是灯谜回互其辞、演绎转化的必然结果。从谜面的感性形象进行分析，到最后做出理性判断，正是猜射者与制作者殊途同归、逆反成趣的思维特色，也是灯谜之魅力所在。

4.3　雅俗共赏的特点成就了灯谜艺术深厚的群众基础

灯谜发端于民间，后又经过文人墨客的“领异翻新，缒幽凿险”，继而逐渐形成了基于“感性”层面的民间谜语和基于“理性”层面的灯谜，其爱好者既有农夫耕人，也有士大夫之流，雅俗共赏的特点成就了灯谜艺术深厚的群众基础。扎根于中华民族肥沃文化土壤的灯谜艺术，因其具有深厚的群众基础，千百年以来，得以根深叶茂，繁花似锦。

4.4　灯谜艺术深刻反映了我们民族深层次的文化心理结构，灯谜是民族情感、思维特征和民众智慧的生动载体，也是发展先进文化不可或缺的精神资源

正如当代灯谜理论家邵滨军、赵首成先生在《灯谜艺术的文化使命》一文中所指出的：“一个民族的民间文化是一个民族的精神财富，灯谜艺术的文化底蕴与我们民族的文化心理结构有着深度的契合。灯谜存在的最大意义不在于它为我们提供了多少传统文化的精华，而在于它在当代和未来的民族文化认同中为我们提供了一个极其重要的文本。这种民族文化认同突出表现在幽默风趣、含蓄深沉、唯美是举、微言大义上。”

“中国是一个既崇尚幽默风趣、又追求含蓄深沉的国度。尽管生产力水平制约着中国人诙谐的发挥程度，但千百年来，人们仍然顽强地寻找着生活本身所应拥有的欢乐。灯谜、戏曲、小品、笑话、相声、快板、说书等文艺形式无一不是为人们提供快乐的。其中，灯谜以它浓郁的文化方式，让人们在历经思考后获得射覆中鹄的巨大快感，灯谜活动猜射场所的锣鼓欢声渲染着这种幽默的氛围。灯谜艺术常常以独到的表现方式反映出社会的发展状况和民族素质，考验着人类在掌握知识后的智慧发挥程度；民间文化是人民用心灵创造的，灯谜艺术积淀深厚，博大精深，并且与人民的生活情感与理想深深凝结在一起。大量艺术精美、趣味高尚、思想丰盈的灯谜作品生动地反映了民族精神，体现出

高尚的艺术品格。”

“民间文化来源于人民群众的智慧劳动，蕴含着丰富的文化信息、生活素材和艺术养分，是先进文化的艺术基础、是传统与现代化的互渡津梁。从灯谜这一类民间文化里，我们可以直接观察到民众的生活史、风俗史、礼法史，领悟到民众的喜怒哀乐。对于中华民族而言，民间文化是塑造民族精神的文化源泉，作为激励人们为实现民族复兴而奋斗不止的民族精神，是在民间文化和民族文化的基础上升华提炼而产生的；同时，民族精神又经常利用优秀民间文化和民族文化加以展现和传播。在民间文化基础上磨砺而成的灯谜艺术精品，是中华民族优秀的文化财富，是民族情感、思维特征和民众智慧的生动载体，也是发展先进文化不可或缺的精神资源。”（引自上海古籍出版社《百年谜品》）

4.5 灯谜活动举办的独特形式成为我国民俗文化的一大亮点

灯谜除了其内容所固有的艺术性、趣味性、益智性等可以让人产生回味无穷的艺术熏陶以外，灯谜活动举办的独特形式已经成为我国民俗文化的一大亮点。自隋唐开始我国盛行上元之夜起张灯为戏的风俗，于宋为烈。宋太祖乾德五年（公元967年）曾下诏上元张灯，并将三夜延长为五夜，自十三上灯至十八落灯，以示国泰民安，歌舞升平。灯节期间，百戏杂陈，斗智竞巧，无奇不有，便产生了“有以绢灯剪写诗词，时寓讥笑，及画人物，藏头隐语、旧京诨语，戏弄行人”之事（见宋・周密《武林旧事・灯品》），至此，“谜”与“灯”结下不解之缘，元宵赏灯猜谜作为我国一个极具特色的民俗文化世代相承，沿袭至今。

在我国不同的地域，灯谜作为一项民俗文化还有着不同的表现形式，除了绝大多数地区张灯猜谜以外，另外像潮汕地区的击鼓开猜等还带有浓郁的地域特色，同样为中国灯谜的民俗文化增光添色。

自古以来，春节元宵猜灯谜如同古老的社火、对联、民间剪纸、民间秧歌、转九曲、燎火塔、皮影戏、面花等一样，作为充满了鲜活原生态元素的习俗，因其蕴含着古老深厚的文化底蕴，不仅成为中华民族独有的财富，更逐渐成为全人类共有的宝贵财富。

5. 灯谜申报国家级非物质文化遗产的程序及办法

5.1　申报主体

《国家级非物质文化遗产代表作申报评定暂行办法》第八条规定：公民、企事业单位、社会组织等，可向所在行政区域文化行政部门提出非物质文化遗产代表作项目的申请，由受理的文化行政部门逐级上报。目前，中华灯谜学术委员会作为中国民间文艺家协会的专业委员会，是从事灯谜学术研究、开展灯谜创作、组织灯谜活动的非营利性的社会群众性学术团体。它应该是将灯谜申报国家级非物质文化遗产的最适宜的社会组织，是最合适的申报主体。

5.2　申报程序及方法

中华灯谜学术委员可向北京市文化局提出申请，北京市文化局将对本行政区域内的非物质文化遗产代表作申报项目进行汇总、筛选，经同级人民政府核定后，向非物质文化遗产保护工作部际联席会议（以下简称部际联席会议）办公室提出申报，国家级非物质文化遗产代表作的申报评定工作由部际联席会议办公室具体实施。

5.3　提供的材料

中华灯谜学术委员会作为申报主体，应提供以下材料：

（1）申请报告：对申报项目名称、申报者、申报目的和意义进行简要说明；

（2）项目申报书：对申报项目的历史、现状、价值和濒危状况等进行说明；

（3）保护计划：对未来十年的保护目标、措施、步骤和管理机制等进行说明；

（4）其他有助于说明申报项目的必要材料。

6. 结语

民间文化遗产是一个民族精神情感的重要载体，是民俗风情的结晶，是普通百姓代代相传的文化财富。文化遗产和自然生态一样，都是一次性的，一旦毁灭，无法再生。我们焦虑，在乡村城市化，城市趋同化的演进中，我们祖先留下的千姿百态的城市文化和历经千万年的乡土艺术、民俗器物，将会所剩无几！

民间文化遗产不同于经史子集、皇家经典、宗教精华、文物精粹等中国文化的极致和阳春白雪，它存在于大片的民居和人们生活起居中，是生活的文化、百姓的文化、俗世的文化。正是这种文化，在各个民族、地域、乡村和城市中，是一方水土独特的产物，是中国文化的源头、根基和底层，是原生态的文化，是民族个性特征与独特精神的重要表征，是对人类多元文化的一己贡献，其内容丰富，包罗万象。它们是过往生活的凭证，有着历史、地理、民俗、宗教、人文、社会、心理、经济、政治等广泛而具体的内涵和价值，是国情、民情的重要组成。

有着深深的历史沉淀和民族印记的灯谜艺术，随着全球化趋势和现代化进程的加快，其生存和发展的空间正面临极大的危机，有鉴于此，我们呼吁每一位灯谜爱好者要自觉担当起挖掘、保护灯谜艺术的历史重任，作为我国目前最高级别的灯谜组织——中华灯谜学术委员会，更应努力工作，积极申报，为灯谜早日成为国家级非物质文化遗产而奋斗。

（本文参加“2006年宁夏·中华灯谜艺术高层论坛”获优秀论文二等奖）

青山看不厌 文虎趣无穷

——旅游专题灯谜活动初探

王栋臣 朱建铭

摘要：旅游与灯谜具有文化等诸多方面的相似性，旅游与灯谜的结合相得益彰，旅游灯谜活动可以提升旅游的文化品位，解决灯谜活动举办的资金问题；应将灯谜作为一项中华民族特色旅游资源加以挖掘和推广。

关键词：灯谜；旅游；旅游资源

中图分类号：K928.9

近十多年来，随着人们生活水平的日益提高，被称为“朝阳产业”和“无烟工业”的旅游业已成为我国新兴产业之一，在此情形下，各地有识之士将灯谜艺术与旅游事业成功联姻，举办了一次次旅游专题的灯谜活动，旅游专题灯谜成为新世纪各地灯谜活动的一种重要形式，旅游灯谜活动为新世纪灯谜活动的创新提供了成功范例。

1. 旅游专题灯谜活动概况

以旅游专题举办灯谜活动，可以追溯到20世纪80年代。1984年初春，南通市职工灯谜协会在南通市劳动人民文化宫举办“山川历史人物”全国灯谜函寄会猜，首开旅游专题灯谜活动先河；1987年12月，《安阳日报》举办了“安阳风物与人才灯谜大奖赛”；1990年12月14日《桂林旅游报》举办“旅游知识谜赛”。其后，以旅游为专题的灯谜活动在全国各地时有出现，活动形式仅以旅游专题灯谜函寄会猜或旅游专题灯谜创作为主，而真正融合旅游与灯谜的全国性谜会是21世纪初才出现的。2001年，“石狮首届中华灯谜艺术节”作为第三届泉州旅游节的一项重要文化活动拉开了新世纪旅游与灯谜活动结合的序幕；

2006年1月17日，“第六届晋商社火节暨首届绵山文化庙会”在山西省著名风景名胜区——绵山隆重拉开帷幕，本次活动的重头戏——“绵山杯国际灯谜大赛”在元宵节期间闪耀登场，以上活动由山西省旅游局、晋中市人民政府主办，晋中市旅游局、介休市人民政府、绵山风景名胜区以及晋中各景点景区共同承办，晋商社火节、绵山文化庙会及灯谜大赛强强联手，极大地丰富了山西省冬季旅游的活动内容，共同打造山西冬季旅游强势品牌；同年8月9日，全国旅游灯谜大赛暨安阳旅游资源和旅游商品展示会在河南安阳开幕，这是为庆祝殷墟申遗成功而举办的系列活动之一，也是“2006年殷商文化旅游节”的一项重要活动，大赛以殷墟为题材，举办了殷墟专题灯谜创作赛、殷墟现场灯谜创作赛、殷墟专题灯谜笔试、殷墟专题灯谜擂台赛、甲骨文与灯谜学术研讨会等系列活动；2007年，河南省旅游灯谜大赛暨河南省第21届职工灯谜大赛10月在驻马店举办；2008年3月及2009年2月，作为新津特色旅游项目——新津梨花节的重头戏，四川新津连续举办了两期“国际灯谜邀请赛”；2008年2月18日—20日，由上海金山区旅游局、枫泾镇人民政府、上海市职工灯谜协会主办，枫泾旅游发展总公司承办的“上海首届灯谜艺术节·谜王争霸赛”在上海旅游胜地枫泾隆重举行；2009年1月18日，第二届“上海灯谜艺术节”暨“全国谜林大会”再次在金山区枫泾古镇隆重举行；2009年2月7日—9日，由张家界市旅游工作委员会、中共张家界市委宣传部和湖南省灯谜学会联合主办的“湘银杯第二届湖南国际灯谜节”在张家界举办；2009年端午节，由苏州胥王庙旅游发展公司等主办的“首届胥口杯全国灯谜大赛暨第三届全国网络灯谜现场谜会”在江苏苏州胥口镇举办等。2006—2009年近4年间，以旅游为主题的专题性灯谜活动在全国各地如火如荼地举办，并呈现星星之火可以燎原之势。

2. 旅游专题灯谜活动的主要形式

所谓旅游专题灯谜活动，是以旅游作为活动主题的灯谜活动，旅游专题灯谜活动通过旅游题材灯谜命题创作、旅游灯谜函寄会猜、旅游灯谜大赛等形式宣传推广某一地区的旅游文化，具体而言，旅游专题灯谜活动的主要形式有如下几种：

2.1 旅游题材灯谜命题创作

旅游题材灯谜命题创作是将某一地区的旅游资料作为创作素材邀请全国各地的灯谜爱好者进行灯谜创作，创作的灯谜作品通过某些媒介发表或结集出版，或评出若干佳作进行奖励。此类灯谜活动如：2001年10月由宝鸡市外事旅游局、市文联、市灯谜协会联合主办的“宝鸡旅游灯谜全国创作大展猜”，2002年12月辽宁省锦州市中国旅行社等单位联合举办的“中旅杯”灯谜创作联谊赛，2007年福建同安区旅游局举办的“银城之旅杯”灯谜创作大奖赛，2008年9月中共固原市委宣传部、市文联、市旅游局主办，市民间文艺家协会、市灯谜学会、原州区文联承办的“华祺杯七省十三市中秋灯谜联展暨西北风情海内外灯谜创作大赛”，2009年重庆“潼南第二届菜花节灯谜创作征稿”等。再如2008年，为向世界展现遂宁丰富多彩的民间民俗文化，弘扬观音故里和谐、慈善精神，丰富首届中国观音故里旅游节庙会灯谜内容，遂宁“首届中国观音故里旅游节”组委会办公室面向全社会发出邀请，征集相关素材的灯谜作品等。

2.2 旅游灯谜函寄会猜

旅游灯谜函寄会猜是指向社会公开征集相关的旅游类灯谜作品，然后悬谜供当地的群众进行猜射，有的在活动结束后再将灯谜作品结集出版。如1992年9月4日《桂林旅游报》等单位举办“桂林山水节”全国灯谜函猜赛，再如2006年，为庆祝福建省东山一中建校65周年和第27个世界旅游日、宣传海岛旅游文化、丰富学生第二课堂而举办的东山岛旅游专题全国灯谜函寄会猜，得到全国各地灯谜界师友的热心参与和鼎力支持，自5月起至7月31日止，共收到来自26个省、自治区、直辖市近300位谜友应征灯谜近万条，贺件20多件。参与人数之众、应征灯谜之多、作品质量之高，刷新了东山岛历次谜事活动的记录，函寄会猜结束后编辑了专辑《蝶岛虎迹》。

2.3 地方性旅游灯谜群众猜射活动

地方性旅游灯谜群众猜射活动是指由某地灯谜组织联合相关部门举办的地方性群众灯谜猜射活动。如2008年4月6日—8日在郑州举办的“戊子年黄帝故里拜祖大典灯谜文化系列活动”，来自全国13个省、市、自治区的谜家在郑州市绿城广场摆开了13个大擂台，向到场的30 000余热情市民展示灯谜文化，猜谜场景十分壮观。其他如广东省从1987年举办省首届欢乐节（后更名为“旅游欢乐节”）起每届都有灯谜展猜专场、2008年元宵节期间广东国旅首创“新春采福旅游灯谜闹元宵”活动、2009年五一期间的福州第十届美食旅游文化节中的“美食旅游灯谜竞猜”活动等均属此类灯谜活动。

2.4 全国及更大范围的旅游灯谜大赛

邀请海内外灯谜社团或个人，集中在某一地点举办旅游灯谜大赛，这种以旅游为专题的全国甚至更大范围内的灯谜大赛是近几年比较热门的一种灯谜活动形式。2006年的“绵山谜会”及“安阳谜会”、2008—2009年连续两年的“枫泾谜会”和“新津谜会”、2009年的“张家界谜会”等都属此类。此类灯谜大赛云集了海内外谜家在某一旅游点举办灯谜大赛，往往容易成为媒体关注的对象，谜赛的举办对当地旅游经济的发展、对灯谜文化的普及都能起到很好的促进作用。

3.旅游专题灯谜活动的主要特点及功能

3.1 因其具有相似的文化性、休闲性、娱乐性，旅游与灯谜的结合相得益彰

近二十年来，将灯谜与某一行业、专业结合或为宣传国家政策、配合党和国家的中心工作及重大活动等而举办的专题灯谜活动不计其数，如税务灯谜、金融灯谜、国土灯谜、环保灯谜、计划生育灯谜等。这些专题的灯谜活动往往是以某一专业的素材作为内容，以灯谜作为形式，它们之间只能达到一种形式上的融合，而很难达到内容乃至精神上的融合，而旅游专题灯谜活动则不同，旅游包含着历史、地理、掌故等文化元素及具有休闲性与娱乐性的功能，而灯谜具有艺术性、趣味性、益智性等特点，旅游与灯谜二者具有文化等诸多方面的相似性，因此旅游与灯谜能够水乳交融，相得益彰。

3.2 旅游专题灯谜活动可以丰富旅游活动内容，增加旅游的互动娱乐功能，提升旅游的文化品位

旅游本身就是一项融合了景观、人文、历史、民俗等因素的文化活动，而灯谜作为一项文化的、民俗的、益智的艺术形式融入旅游之中，可以提升旅游的文化品位，增加旅游的互动娱乐功能。鉴于此认识，针对竞争激烈的旅游业，我国一些地区在开发旅游资源时，便将灯谜这一传统文化活动作为旅游资

源纳入旅游产业。例如2003年新春佳节，南通市职工灯谜协会为南通市主要旅游景点——狼山景区、军山风景区分别提供了一千条灯谜，用绸布制作的彩色谜笺悬挂于景区主要通道，既渲染了节日气氛，又丰富了旅游活动内容，吸引了许多市民和外地游客竞相猜射。再如济南市政府为立足文化创造旅游品牌，在组织趵突泉公园总结十年“趵突之春”全国灯谜有奖展猜的基础上，邀请了一些谜人专门制作了以泉城名胜、名泉、名士、历史地理、政治经济为主题的灯谜，可谓精品荟萃，异彩纷呈，吸引了众多海内外游客，提高了自身文化品位和档次。

3.3 旅游专题灯谜活动可以为灯谜提供创作素材,拓展灯谜的创作空间,激发谜人的创作灵感

一个国家的自然旅游资源，总是同一个国家的地理条件相联系的；一个国家的人文旅游资源，也总是同一个国家的历史和文明相联系的。因此，旅游资源中的自然景观、历史文化、民俗风情等林林总总的东西都可以成为灯谜创作的素材，由此灯谜创作的空间被大大拓展；旅游者通过对旅游资源的观赏能够获得知识的充实、美的享受、精神的乐趣，同样，谜人置身于山水之间能够与自然拥抱，与历史对话，其心灵能够得到净化，情操得到陶冶，灯谜创作的灵感也将会被激发。2008年上海枫泾古镇挂牌成为“上海市职工灯谜协会创作基地”，2009年苏州胥王庙也挂牌成为“苏州市灯谜研究会”创作基地，以上创作基地的挂牌，为灯谜的创作提供了良好的自然及人文环境。

3.4 旅游专题灯谜活动可以为灯谜活动提供资金来源,为灯谜的生存及发展注入新的能量

综观全国，除了福建石狮、晋江等少数地方的政府及文化部门对灯谜给予高度重视并在财力、物力上予以大力支持外，近二十年以来，随着娱乐形式多元化，加之一些其他原因，具有悠久历史的灯谜艺术因资金缺乏等因素遭遇困境和尴尬，而旅游专题灯谜活动的开展可以为灯谜活动提供一定的资金来源。进入21世纪以来，文化产业作为“21世纪的最后一桶金”，已经成为经济增长的引擎，因此，作为文化产业的一个重要形式——旅游产业的生命力是极其强大的，其前途也是非常光明的。灯谜与旅游联姻，充分利用灯谜与旅游各自的文化优势，强强联合，灯谜活动的资金来源就会得到可靠而持久的保证。充

分发挥灯谜的文化资源优势，打好文化品牌是发展灯谜活动的有效途径，也是寻求灯谜资金来源的有效办法。旅游灯谜活动的成功举办，将彻底解决困扰灯谜生存与发展的资金瓶颈问题，为灯谜的生存与发展注入新的能量。

4. 旅游专题灯谜活动的前景与思考

随着人民生活水平的提高、闲暇时间的增加以及交通条件的改善，我国国内旅游从20世纪80年代的不提倡，到90年代的大力发展，特别是1998年提出把旅游业作为国民经济新的增长点后，旅游业开始全面发展。以假日旅游为重要支撑，国内旅游进入了大众化的消费阶段。随着社会的发展，旅游业已成为全球经济中发展势头最强劲和规模最大的产业之一，旅游业在城市经济发展中的产业地位、经济作用逐步增强，旅游业对城市经济的拉动、对社会就业的带动，以及对文化与环境的促进作用日益显现。因此，旅游灯谜活动的前景非常喜人。

学术界按旅游资源的成因或其属性分类，将旅游资源分为自然旅游资源和人文旅游资源两大类型。前者是指地貌、水体、气候、动植物等自然地理要素所构成的、吸引人们前往进行旅游活动的天然景观，具有明显的天赋性质；后者内容广泛、类型多样，包括各种历史古迹、古今著名建筑、民族风俗等，以及其他人类活动的艺术结晶和文化成就。中华灯谜源远流长，距今已有三千五百多年的历史。灯谜诞生于中华民族博大精深、历史悠久的文化长河之中，自它的前身隐语、廋辞起，就打上了深深的本民族的文化烙印。灯谜起源于民间口头文学，是人民群众长期社会实践的产物，是劳动人民聪明才智的表现，灯谜作为汉民族独有的文化名片，从一个角度展示了中华民族博大精深与源远流长的文化空间和艺术底蕴。灯谜除了其内容所固有的艺术性、趣味性、益智性等，灯谜活动举办的独特形式已经成为我国民俗文化的一大亮点。因此，灯谜本身就是中华民族一项独特的旅游资源。

总结近几年各地成功举办各种形式的旅游专题灯谜活动的经验后，我们再从宏观的角度审视旅游专题灯谜活动，应该更加看重灯谜的旅游资源价值，也就是说，旅游专题灯谜活动不应仅仅局限于举办旅游专题灯谜创作，或举办一些灯谜函寄会猜，或旅游灯谜大赛，而应该将灯谜纳入我国的旅游发展规划中，将灯谜作为中华民族一项特色旅游资源加以挖掘、推广，只有建立在战略发展高度上的旅游专题灯谜活动才会具有旺盛的生命力及发展前景。

参考文献

[1] 戴松年．全国旅游基础知识[M]．北京：旅游教育出版社，1995.

[2] 王栋臣．灯谜申报国家级非物质文化遗产的可行性研究[J]．中华灯谜年鉴，2005-2006：58-63.

（本文获2009年“石狮第四届中华灯谜艺术节灯谜与创新论坛”二等奖）

“六书”理论与灯谜成谜法门关系探究

——兼评《评注灯虎辨类》一书

摘要：“六书”是从本源上解释文字，是造字和用字方法的科学归纳；灯谜则是从现象上戏说文字，是对现有文字的艺术演绎。“六书”理论可为灯谜成谜提供创作思想。

关键词：六书；灯谜

中图分类号：H122

运用“六书”理论分析灯谜成谜法门的著作，首推近代著名谜家谢会心的《评注灯虎辨类》。1929年，潮州著名谜家谢会心先生编著出版我国灯谜史上的第一部灯谜类学典籍《评注灯虎辨类》（上下集）并发行全国，其间厘定法门，分诠格式，是有史以来第一部最系统的谜学工具书，书中理论、观点、法规，至今尚为海内外谜界所遵循。然而，就“六书”理论与灯谜成谜法门之间的关系问题，谢氏语焉不详，这不能不说是一种遗憾。

1.“六书”理论是造字和用字方法的科学归纳

“六书”这个名称，最初见于《周礼・地官・保氏》。“六书”的细目，始见于西汉刘歆的《七略》。东汉的班固在他的《汉书・艺文志》里说：“古者八岁入小学，故周官保氏掌养国子，教之六书，谓象形、象事、象意、象声、转注、假借，造字之本也。”全面系统地阐述“六书”理论的是东汉的许慎，他在《说文解字・叙》中不仅给“六书”做了定称，还对“六书”中的每一种结构方式做了解说，后人一般采用许慎的名称、班固的次序：象形、指事、会意、形声、转注、假借。

汉字造字法则的“六书”理论是先秦和汉代的学者们从对大量的古文字结构的分析研究中归纳出来的。汉民族的祖先造字，最初本无“六书”理论作指导，但汉字“六书”理论形成以后，却能帮助人们学习掌握汉字。它可使人明白每个字最初是怎样造出来的，为表何意而造。这样可以提纲挈领，以简驭繁，触类旁通，达到识字用字的理想效果。同时，“六书”理论的提出，也为后世研究汉字的起源、发展和释义提供了重要的参考依据和线索。

2.“六书”理论可为灯谜成谜提供创作思想，灯谜创作已经自觉或不自觉地运用“六书”理论，并突破了“六书”理论的范畴，或借用“六书”名称行灯谜法门之新解

作为中华民族所特有的艺术形式，灯谜是以汉字为基础，汉字是汉民族文化的形成与体系中的一个重要有机成分，从其象形指事的个体诞生，到会意形声的体系形成，从单体的表意性质，到整体的孳乳繁衍，无不蕴藏着汉民族文化的基本精髓。灯谜自诞生之日起就已经自觉或不自觉地运用了“六书”理论，并突破了“六书”理论的范畴，或借用“六书”名称行灯谜法门之新解，试看：

2.1　象形

象形是灯谜常见手法之一，“六书”之象形是直观模拟人眼看见的、有具体形象的外形，灯谜的“象形”法则是和“六书”原理如出一辙，请看《评注灯虎辨类》列举的三则“象形”谜：(1) 远树两行山倒映，轻舟一叶水平流（字）慧；(2) 蝴蝶过墙（古文）亦运而已矣；(3) 势如破竹（字）不。

谜 (1) 中的“丰”字象形为远处的树木，“心”字象形为一叶小舟飘在水面；谜 (2) 中的“亦”象形为蝴蝶，可谓惟妙惟肖；但是谜 (3) 谢氏给其定位为“象形”谜是不准确的：“不”字下部为“个”，“个”在此处象形为“竹子”，这是“象形”法（《画学通考》云：“无个不成竹”），但是在“个”字上面加一横表示竹子破土，这样就已经不是“象形”法门，而是“指事”法门（指事法门详细见章节2.2）。

尽管灯谜创作已经自觉或不自觉地运用“六书”理论，但是灯谜的象形和“六书”的象形有着本质的区别，那就是“六书”之象形是对汉字本义的合理推理和定位，而灯谜之象形则是对汉字的任意象形与演绎。比如“丰”字在灯谜中既可以象形为“远树”，也可以象形为“风帆”，乃至更多。

2.2　指事

许慎说："指事者，视而可识，察而可见，上、下是也。"许慎的这句话是从人的认识的两个阶段上来说的："视而可识"是感性认识阶段，强调对字的外部形体的感知；"察而可见"是理性认识阶段，强调对字的意义内涵的领会。然而，灯谜中的"指事"究竟是怎么回事呢？请看《评注灯虎辨类》中的所有6则"指事"谜：

（1）上不在上，下不在下，不宜在上，止宜在下（字）一；（2）卡（《左传》）上下相蒙；（3）设卡徵税（《四书》）上下交征利；（4）席地谈天（《孟子》一句）位卑而言高；（5）天地一孤舟（《诗经》一句）载玄载黄；（6）上天之载（《西厢记》一句）便要浮槎到日月边。

谢氏对上述灯谜的"指事"原理只字未提。那么这些灯谜与六书中的"指事"有什么关系呢？我们知道，指事造字法的特点，是以"形象"的手段来表示比较抽象的概念，而以上灯谜并没有运用到这些原理，而谢氏评注的上述灯谜，也只是片面地运用"方位"成谜，当然，"六书"的"指事"确实部分运用到方位关系（或相互关系）来表示抽象的字，如"上""下""旦""立"等，但也有只是在象形字上添加抽象符号来表示一个新字，如"刃"字是在"刀"的上加一点，表示刀锋之所在，"血"字是在"皿"字上加一点，表示古代盟誓时滴入"皿"的鲜血，这些"指事"字并没有"方位"的关系，因此，"方位"并不是"指事"的全部和精髓，而谢氏仅仅以"方位"代替"指事"的全部，这不能不说是一种偏颇或牵强附会。

2.3　会意

许慎"六书"中的会意是"会合字的含义"的意思，如从（人随人后为从）、棘（小枣丛生者）、轰（三个车，群车声也）等，均是表示两个（或几个）相同或不同的字组合成的新字。那么灯谜中的"会意"是何意思呢？《中华谜典》的解释是"用谜面所表达的意思去领会谜底，因角度不同，又可分为'正面会意''侧面会意''对面会意'和'反面会意'等四种"；《中国谜语大词典》的解释是"从总体上去理解谜面的含义，而联想出谜底"。由此可知，灯谜的"会意"是"领会、理解其含义"的意思，它与离合体、象形体和谐声体并称为灯谜四大体，灯谜之"会意"非"六书"之"会意"。谢氏在《评注灯虎辨类》的“会意”类下评注的49条灯谜正是运用灯谜“会意”法创作的灯谜，限于篇幅，此处不一一列举。

我们认为，灯谜只是运用“六书”会意的名称行“领会、理解其含义”之实，古人如此，今人亦然。

2.4 形声

在“六书”中，形声字是由意符（也叫形符）和声符两部分组成的，意符表示意义范畴，声符表示读音类别。形声是“六书”中最常见的造字方法，也是非常容易理解的造字方法，然而，真正融合“六书”理论，综合“形”与“声”创造的灯谜是最近几年才出现的，而《评注灯虎辨类》里评注的只是“谐声”谜，而并不是真正的“形声”谜。试看谢氏评注的4条“谐声”谜：

（1）彼此姻缘恰并头（字）韻；（2）伤心细问夫君病（古文）杯盘狼藉（悲盘郎疾）；（3）夕阳箫鼓几船归（《四书》）周因于殷礼（舟音余荫里）；（4）尧当水患，汤遇旱灾（《诗经》）雨我公田（禹可丰田）。

尽管如此，我们不可苛求谢氏的做法，因为谢氏在《评注灯虎辨类》里归纳的“六书说”是采用的《周礼》的六书原理，而《周礼》的六书说只有“谐声”说，而无“形声”说，其实《周礼》六书说里的“谐声”其本质就是“形声”，只是称法不同而已，不然他怎么解释为“谐声者，以事为名，取譬相成，江、河是也”，也就是说，《周礼》六书说里的“谐声”和后来许慎《说文解字・叙》里关于“六书”的“形声”完全是一回事，只是名称叫法不同而已，只不过，许慎的叫法更为科学。

谢氏评注的4条谜虽然全是“谐声”法门，而非“形声”法门，这并不是谢氏对“六书”中“谐声”的理解有误，而是在当时，真正意义上的兼容形与声的“形声”谜还没有出现。

真正意义上的“形声”谜是近十多年来才出现的新生事物，正如文字产生后再来分析归纳文字的造字方法一样，当“形声”谜出现十多年后我们再来归纳此类灯谜的法门，觉得它与“六书”的“形声”原理如出一辙，请看：

（1）声音开始变高调（字）升；（2）读书忘我心欢畅（字）舒；（3）怒目横眉发厉声（字）丽。

今天我们已经无法考证“形声”谜的滥觞与此类灯谜的创造者，但是我们可以认定的是“形声”谜的出现正是人们自觉或不自觉地运用了“六书”原理，“形声”谜的出现是“六书”原理在灯谜领域的发展。

2.5　转注

许慎说：“转注者，建类一首，同意相受，考、老是也。”转注作为一种特别的造字方法，是为了适应词的读音分化的需要，为分化出来的新音另造新字。由转注创造的新字，和老字虽然读音不同，但表示的含义相同，除了“考、老”外，像“颠、顶”“更、改”“迎、逆”都是转注字。那么，我们再来看看《评注灯虎辨类》中的全部“转注”类灯谜（共6条）吧：

（1）济美（《四书》）善与人同；（2）翱翔乎杳冥之上（古文）一飞冲天；（3）以翼鸣者（《礼记》）其音羽；（4）东飞伯劳西飞燕（蒙经）习相远；（5）烟气薰浓（《西厢记》）氤氲得不分明；（6）二三耄耋不烦枉顾（家语）五老降庭。

以上6条灯谜中，（1）（3）（4）看不出有任何“转注”的成分，谢氏也未言及，（2）（5）（6）三条谜中似乎具有转注特征的是“翱翔”“氤氲”“耄耋”这三个词，或许谢氏认为具有相同部首的“翱翔”“氤氲”“耄耋”即为“转注”字，因为它们具有“转注”的部分特征：在字形上，或形旁相同；在读音上，或有叠韵关系。但是谢氏偏偏忘记了“转注”字最重要的特点是在含义上可以相互训释，即可以互相解释（如《说文解字》：“老，考也”“考，老也”）。那么，“翱翔”“氤氲”“耄耋”这三个词具有“转注”的特征吗？试看：

翱翔：《说文解字》的解释是“翱：翱翔也。从羽皋声。五牢切”“翔：回飞也。从羽羊聲。似羊切”，显然，翱翔不具备“转注”特点，并非“转注”字。

氤氲：《说文解字》未列入，该两字虽然形旁相同，但是该两字中任一字均不具备独立含义，读音也非叠韵关系，而是双声关系，因此它们也不是“转注”字，而是一双声联绵词。

耄耋：《评注灯虎辨类》引《王制》解释该两字：“八十曰耄，九十曰耋”。显然，耄耋含义不同，也非叠韵关系，它们也不是“转注”字。

以上“转注”类中列举评注的灯谜均没有真正“转注”的含义，看来，真正意义的“转注”灯谜已经是难觅其踪了。那么，六书“转注”能给灯谜提供怎样的创作思路或方法呢？笔者认为，六书转注原理可以提供转注字在灯谜中的同义互扣，如“老考”互扣、“迎逆”互扣、“更改”互扣、“绩缉”互扣等等，由此来拓宽灯谜的创作思路。

2.6 假借

许慎说："假借者，本无其字，依声托事，令、长是也。"假借这种造字方法，就是语言中有某一个词，但本来没有专门造一个记录它的字，于是就按照读音相同或相近的原则把这个词的含义寄托在一个同（近）音字上，借用这个现成的字来记录这个词。那么，灯谜里的假借是一种什么概念呢？试看《评注灯虎辨类》的几个谜例及评注：

（1）政（书名）《正字通》；（2）使女择焉（《四书》）决汝汉；（3）鞠躬（古文）要之以礼；（4）肥料捐（《四书》）抽矢；（5）为问孤山林处士，寒梅今着几枝花（《易经》）其妻可得见耶；（6）马蒙虎皮（古文）千里而见王；（7）拙荆（《左传》）鲁之敝室也。

《评注灯虎辨类》中"假借"类的谜作共36条，其中具有真正"六书"意义的"假借"谜只有4条，以上例（2）即其中一条，此谜之"汉"字为一假借字，"汉"原为水名，后"依声托事"为男人之"汉"，此谜即用此法，将"汉水"之汉假借为"男人"之汉。那么谢氏列举的其他"假借"谜是怎样的假借呢？我们继续分析：

从例（1）（3）（4）可以看出，此类灯谜的假借手法其实并不是"六书"概念的假借，而是"古音通假"，由古音通假而使用的字即为通假字。古音通假纯属用字之法，其本质是"本无其意，依声托字"。也就是说，语言中的某一个词，已有专字记录它，但古人在写文章时，却不用这个专字（又叫"本字"），而借用另一个读音相同或相近、意义不同的字来记录这个词（相当于现在所说的别字）。那个被借用的字即通假字。例（1）（3）（4）中，"政"通"正"，"要"通"腰"，"矢"通"屎"，此类以通假字成谜的手法在当代灯谜作品中也被大量使用，此处不再一一列举。

那么，例（5）（6）（7）的灯谜又是什么类的"假借"呢？其实这就是目前谜界普遍使用的"借代法"。例（5）以梅花借代妻子，典出"梅妻鹤子"；例（6）以"马"借代"千里"，以"虎"借代"王"，典出《近思录》中"骏马日走千里，猛虎兽中之王"；例（7）以"荆"借代"室人"（妻子），典出汉梁鸿妻孟光"荆钗布裙"。目前，借代法已经成为灯谜常用的法门之一，其借代的范围已经拓展为人名假借、地名假借、物名假借、时间假借等等。

综合以上分析可以看出，谢氏以“六书”名义列举的“假借”灯谜，其实已经不仅仅是单纯“六书”意义上的“假借”，而是涵盖了“六书假借”“古音通假”及“借代法”三大法门。

3.“六书”理论是从本源上解释文字，是汉字造字和用字的科学归纳，灯谜则是从现象上戏说文字，是对现有文字的艺术演绎，二者有着本质的区别

《评注灯虎辨类》是谢会心“半生心血之结晶”（《百年谜品》语），此书一出即轰动谜坛，历代谜家对其推崇备至，褒奖有加。通过以上分析，我们不难发现该书中存在诸多不尽如人意的地方甚至是谬误：在“六书”原理下，对列举灯谜的“六书”原理未及细化阐述，部分谜例或归类错误，或名不副实，等等。即使如此，我们仍然无法抹杀《评注灯虎辨类》对历代灯谜的“辨类”做出的巨大贡献以及为后人利用“六书”原理创作灯谜提供了一部系统而完整的理论思想。同时我们可以得出这样一个观点：“六书”理论是从本源上解释文字，是汉字造字和用字的科学归纳，作为一门关于汉字的科学理论，其思想是极其严谨的；而灯谜则是从现象上戏说文字，是对现有文字的艺术演绎。在生活中，我们可以用灯谜去戏说文字，但是我们不可用灯谜的方法去解释文字的本义。然而，也正是灯谜所具备的戏说及演绎功能，才使得灯谜作为一门艺术而具有的趣味性、益智性能带给人们无穷的乐趣与美的享受，也使得灯谜艺术千百年来经久不衰，成为汉民族所特有的一项文化遗产。

参考文献

[1] 谢会心．评注灯虎辨类[M]．汕头：名利轩印务局，1929.

（本文原载《南通航运职业技术学院学报》2009年第8卷第3期，2006年8月获 “庆祝安阳殷墟申遗成功全国旅游灯谜大赛”优秀论文二等奖）

学校应成为灯谜艺术传承与发展的重要领地

摘要：灯谜艺术传承与发展具有重要意义，学校具有灯谜艺术传承与发展的客观条件，灯谜艺术依靠学校教育能够走上一条健康、科学、持续的传承与发展之路。

关键词：灯谜；教育；传承与发展；心性修养

中图分类号：G122

1. 灯谜艺术传承与发展的重要意义

1.1 文化的传承与发展是一个民族得以发展的不竭动力，灯谜也不例外

文化是一个民族的灵魂，也是一个民族存在的根基，更是一个民族得以发展的不竭动力。一个民族之所以屹立于世界民族之林而生生不息，就在于它有自己独特的传统文化。灯谜艺术同其他艺术一样，都凝聚着文明的精华，延续着消失的历史，传承着生活的智慧，集中地反映了一个民族独特的审美情趣和价值取向、思想感情和精神风貌。它既是沟通民族全体成员心灵的纽带，是民族凝聚力与亲和力的载体，也是一个民族安身立命的精神家园，更是一个民族现代化进程中不可或缺的精神资源。灯谜是这个民族生命力旺盛、凝聚力强盛的具体表现。

作为一项非物质文化遗产，灯谜（包括谜语）以口头或文献的形式世代相承，但是，随着近二十年来各种外来文化的渗透及多样性娱乐形式的出现，灯谜艺术的群众基础渐显单薄，灯谜艺术的生存、发展空间渐受排挤，而一个民族传统文化的削弱、萎缩甚至衰落，则会加大民众的离心力，损耗人们的自信心，销蚀大家的幸福感，阻碍这个民族的健康持续科学发展。一个民族的文明

史就是其文化发展史，民族文化的彻底摧毁意味着一个民族的消亡。

现代化的进程对民族传统文化带来了巨大的挑战和冲击。如果现代化的道路完全违背了民族传统文化，那么现代化也有可能在民族传统文化的面前碰得粉碎。《国家“十一五”时期文化发展规划纲要》明确提出要对民族文化实行保护。我们认为，对民族传统文化的保护和抢救是非常必要的，但抢救和保护下来的文化不在于少数人把玩欣赏，更重要的是将其精髓在更大的空间和更长的时间里得以传扬。再优秀的传统文化，如果没有传承和发展下去，也只有标本的意义，尽管源远，却不能流长。一切传统文化如此，灯谜亦然！

1.2 灯谜的传承与发展有利于加强灯谜艺术的文化自觉和文化认同,提高全社会对灯谜艺术的认知度,提高对灯谜艺术整体性和历史连续性的认识,使灯谜真正登上大雅之堂

在世界文化发展史上，能够像灯谜之于汉民族那样相依相伴、相得益彰的艺术形式屈指可数。几千年来，灯谜艺术经历了从民间到宫廷，再从宫廷回到民间的发展轨迹，但是人们对灯谜艺术的文化认同大多还停留在一个较低的层次上面，“雕虫小技”仍然是许多人对灯谜的艺术定位，民间包括许多灯谜专家对于灯谜艺术的整体性和历史连续性缺乏必要的认识，以上种种，使得灯谜难以真正地登上大雅之堂。灯谜的传承和发展，则有利于加强灯谜艺术的文化自觉和文化认同，提高全社会对灯谜艺术的认知度，提高对灯谜艺术整体性和历史连续性的认识，使灯谜真正登上大雅之堂。

1.3 灯谜的传承与发展对于我们保存历史记忆、认识历史意义、传承历史文化发挥着重要作用

许多古老的艺术在发展历程中颇多周折，保留至今成了稀有的文化品种，弥补了正史叙述上的不足，保存了重要的历史信息，正如王文章在《非物质文化遗产概论》一书中所指出的，“非物质文化遗产以其民间的、口传的、质朴的、活态的存在形式，可以弥补官方正史之类的不足、遗漏或讳饰，有助于人们更真实、更全面、更接近本源地去认识已逝的历史及文化。在此意义上，非物质文化遗产可以当之无愧地被称为活态历史。”灯谜和其他民间文学一样，作

为非物质文化遗产的一项重要内容，具有丰富的历史文化价值，保存着各地人们祖祖辈辈流传下来的文化状貌。灯谜除了其内容所固有的艺术性、趣味性、益智性等可以让人产生回味无穷的艺术效果以外，灯谜活动举办的独特形式业已成为我国民俗文化的一大亮点。自隋唐开始，我国即盛行上元之夜起张灯为戏的风俗，于宋为烈。宋太祖乾德五年（公元967年）曾下诏上元张灯，并将三夜延长为五夜，自十三上灯至十八落灯，以示国泰民安，歌舞升平。灯节期间，百戏杂陈，斗智竞巧，无奇不有，便产生了“有以绢灯剪写诗词，时寓讥笑，及画人物，藏头隐语、旧京诨语，戏弄行人”之事（见宋·周密《武林旧事·灯品》），至此，“谜”与“灯”结下不解之缘，元宵赏灯猜谜作为我国一个极具特色的民俗文化世代相承，沿袭至今。在我国不同的地域，灯谜作为一项民俗文化还有着不同的表现形式，除了绝大多数地区张灯猜谜以外，另外像潮汕地区的击鼓开猜等还带有浓郁地域特色的，同样为中国灯谜的民俗文化增光添色。

自古以来，春节元宵猜灯谜如同古老的社火、对联、民间剪纸、民间秧歌、转九曲、燎火塔、皮影戏、面花等一样，作为充满了鲜活原生态元素的习俗，因其蕴含着古老深厚的文化底蕴，不仅成为中华民族独有的财富，更逐渐成为全人类共有的宝贵财富。灯谜的传承与发展对于我们保存历史记忆、认识历史意义、传承历史文化发挥着重要作用。

2.灯谜艺术传承与发展的方式及存在的主要问题

灯谜艺术从其诞生至今三千五百多年的时间里，经历了在传承中发展，在发展中传承的历史轨迹。灯谜的传承发展包含灯谜作品本身的传承、灯谜创作技艺的传承与发展、灯谜格体的传承和发展、灯谜活动形式的传承和发展等，以上种种，其传承与发展的渠道不外乎文献记载、民间口头传承等方式。这些自发的、世代相袭的传承发展方式虽然对灯谜艺术的普及及沿袭起着不可磨灭的作用，但是，由于这些传承方式的无序化、随意化使得灯谜艺术的发展一直处在一种游离的状态，缺少一种有序的、规范的传承发展方式，这样势必阻碍了灯谜这一传统优秀文化的健康发展。因此，即便在所谓的“国事盛而谜事昌”的今天，我们也应该冷静地反问自己：灯谜这一优秀的传统艺术为什么在多数人眼里仍然只是雕虫小技？灯谜真的已经登上了大雅之堂了吗？灯谜传承与发展的道路在哪里？

翻开谜史，我们会看到有“秦客廋词于朝”的政客谜事，有“黄绢幼妇，外孙齑臼”的“三十里”典故，也有苏东坡与佛印以谜酬和的故事，但是鲜有灯谜如何传承与发展的系统论述；中国作为一个自古就崇尚教育的文明大国，在林林总总的文献资料中，却难见将灯谜融入教育的范畴进行传承和发展的论述，哪怕是只言片语，这，不能不说是一种遗憾。事实上，不管是从文化传承的视角看，还是从增强当代学生对民族文化的认同感看，学校成为灯谜艺术传承与发展的重要领地，这应成为当前灯谜界乃至学术界的一个共识！

3. 学校应成为灯谜艺术传承与发展的重要领地

3.1 灯谜等传统文化的传承与发展必须依靠学校教育来实行

灯谜等传统文化的传承之所以必须依靠学校教育来实行，这是因为，从学校所具有的特质来看，学校教育是“由专职人员和专门机构承担的有目的、有系统、有组织的，以影响入学者的身心发展为直接目标的社会活动”。较其他教育形式而言，其主要特点是“可控性强”和“由专人培养”，其“可控性强”指它能按照社会的要求精选内容、编纂教材，按照学生的身心发展规律选择教育教学方法，保证在一定的时空范围内对每位入学者进行卓有成效的教育并获得最佳效果。“有专人培养”则指学校教育者都是受过专业培训的教师，他们具有丰富的教育教学经验。正是由于学校教育的上述特征，才使它在传统文化传承功能上更为强大、有效。

灯谜等传统文化的发展之所以必须依靠学校教育来实行，这是因为，学校尤其是高等院校具有引领社会文化的重要功能。高校在引领社会文化发展方面的作用其中就包括改造传统文化，所谓改造传统文化，就是要辩证对待传统文化，提炼民族文化的精髓。传统文化作为历史发展的结晶，是一定历史条件下社会发展的优秀成果，然而随着历史车轮的前进，其中必然会有一些已不再适应社会的发展，这就要求我们坚持辩证唯物主义的观点来对待这些传统文化，进行积极地扬弃。高校作为全社会的理论高地，拥有众多的学科领域和专家学者，有科学、民主、创新的精神理念，有平等、开放、自由的学术氛围，有几十年甚至几百年的文化积淀，它不断促进探索和争鸣，这些得天独厚的条件将为灯谜艺术的研究、发展不断注入新的养分。

3.2 灯谜艺术在学校的传承和发展有利于提高学生的心性修养

现代物质文明的高速发展在推动社会进步的同时，也带来了许多负面影响。其中一个严重的后果就是，物欲的泛滥导致的普遍道德沦丧。在物质文明的冲击之下，唯利主义与享乐主义思潮开始在校园内蔓延，权力至上、金钱万能的观念正在腐蚀着当今学生的灵魂，学校教育正面临全新的挑战。因此，遏制人类物欲膨胀的可行之策便是通过提高人的心性修养、节制人的欲望，从源头上断绝唯利主义与享乐主义的诱因。那么，如何提高人的心性修养呢？这就需要我们回归于中国的传统文化。

灯谜这一民间文化遗产是我们祖先创造的极其丰厚和宝贵的文化财富，是我们民族情感、思维特征和民众智慧的生动载体，也是我们发展先进文化的精神资源。灯谜体现出人们的审美情趣、审美习惯、审美追求和审美理想，体现出一定程度的社会文化心理结构，包含着极其广阔、深刻的内容，具有丰富的社会内涵和文化内涵。包括灯谜在内的民间文化是包含在孔子的儒家学说影响下的中国文化之内的，这些优秀的传统文化有利于提高当代学生的心性修养，有利于树立刚健有为的人生态度与崇高的道德追求，有助于纠正学生中普遍存在的信仰危机。

3.3 灯谜艺术在学校的传承和发展现状及努力方向

近几年来，不少大学、中学、小学把灯谜引进第二课堂，使广大青少年学生通过灯谜活动来拓宽知识视野、活跃思维、启迪智慧、陶冶情操、提高素质。一些学校相继成立了灯谜组织，这些组织在推进学校素质教育、推动校园文化和精神文明建设，提高学生文化知识水平和传承灯谜艺术等方面，都取得了可喜的成绩。

但是，综观目前的学校灯谜活动，我们不难发现，开展灯谜活动的学校仅仅集中在东部沿海发达地区。就全国范围来讲，这些学校还是少数；就某一所学校而言，其灯谜活动大多以第二课堂的形式进行传授，以社团活动形式开展灯谜活动，而且灯谜活动也非常态化地开展。虽然这些活动的开展为灯谜艺术的普及起到了一定的作用，但是，从一定角度看，这种范围不大、形式单一、非常态化的灯谜普及行为还难以起到担当传承灯谜文化的历史使命的作用，而从灯谜艺术的发展高度要求来讲，以上更是差之甚远。

因此，灯谜艺术在学校传承和发展的努力方向是：

（1）将灯谜艺术引入到更多的校园当中，通过开展形式多样的灯谜活动，让更多的学生接触、认识、喜欢灯谜这一传统艺术。在学校，灯谜活动除了可以作为节日、纪念日活动的保留节目，平时也可以配合各个阶段的中心工作来开展活动；此外，利用举办其他文艺活动的时机，穿插猜谜节目，也能起到丰富活动内容的效果。校园灯谜活动可供选择的形式有悬谜展猜、电控竞猜、书面竞猜、击鼓开猜或在校刊、墙报、广播、网站中设立灯谜栏目征猜等。另外，校园灯谜活动还应该"走出去" 和"请进来"。"走出去"，就是组织学生参加一些校外灯谜活动，如连续四届的新加坡国际学生灯谜邀请赛就提供了这样一个很好的平台。"请进来"，就是邀请灯谜专家到学校来传艺或指导活动，如南通市唐闸中学邀请南通市职工灯谜协会的灯谜专家进行灯谜知识讲座和现场出谜猜射，受到广大师生的热烈欢迎；南通航运职业技术学院将"南通市第六届职工灯谜大赛"的决赛赛场搬到了学院校园，该活动以廉政教育为主题，全院的党员干部、师生代表以及南通市纪委相关领导近1 200人兴致勃勃地观摩了比赛，大家在接受中国传统灯谜文化熏陶的同时也接受了一场形式活泼的廉政主题教育。

（2）将灯谜活动作为一种高雅的艺术活动进行常态化地开展，在活跃第二课堂、丰富校园文化生活的同时承担传承灯谜艺术的历史使命。有条件的地方或学校，可以把灯谜艺术作为课程资源，将之开发为地方课程或校本课程，使得灯谜能够常态化地在学校进行传授。目前我国正在进行的课程改革，要求地方和学校开发和利用本地或校内外课程资源，开设地方课程或校本课程，而且要求学校须将约12%的课时用于上地方课程或校本课程，但目前不少地方或学校对于设立何种地方课程、校本课程尚无头绪。而灯谜作为根植于中华民族文化土壤中的传统艺术，在学校教育中又能够发挥独特的作用，因此，有条件的地方或学校，将灯谜艺术作为课程资源并开发为地方课程或校本课程，符合当前课程改革的要求。目前，福建石狮的蚶江镇已经将灯谜艺术作为地方课程资源来开发，漳州北斗中学、厦门同安一中、汕头私立广厦学校等也已开设了中国灯谜ABC或中华灯谜等校本课程。

（3）高校应成为灯谜传承与发展的主渠道，充分发挥对青年学生的思想引领作用。如前所述，高等院校具有引领社会文化的重要功能，作为全社会的学术理论高地，高等院校拥有众多的学科领域和专家学者，有科学、民主、创新的精神理念，有平等、开放、自由的学术氛围，有几十年甚至几百年的文化积淀，它不断促进探索和争鸣，这些得天独厚的条件将为灯谜艺术的研究、发展不断注入新的养分。一方面，高校应该进一步推动灯谜这一传统文化教育的规范化、常态化，加强中华优秀文化传统教育的教学实践，在教材和课堂教育中让学生接触、熟悉、理解传统文化的精髓，了解和热爱传统文化，这对青年学生的思想引领具有重要的作用，这将成为社会主义核心价值体系进学校、进课堂、进学生头脑的有效载体，更是将灯谜艺术进行传承的有效方法。另一方面高校要充分利用现有资源优势加强灯谜艺术的研究。近些年来，一些高校纷纷成立有关国学、传统文化和儒、释、道思想的研究机构，如北京大学中国传统文化研究中心、中国人民大学国学院、清华大学思想文化研究所、中国社会科学院儒教研究中心、安徽大学中国传统文化研究院等，这些研究院所可以考虑将灯谜纳入其研究范围，研究灯谜的历史起源、发展规律、艺术特色、文化价值等，灯谜界再利用学术机构的研究成果指导灯谜活动，这样，灯谜艺术才会走上一条健康、科学、持续的传承与发展道路！

参考文献

［1］徐晓琴．论非物质文化遗产的文化传承价值[J]．ART EDUCATION，2010（2）：139-140.

［2］容中逵．当前我国传统文化传承的三种教育误识[J]．湖南师范大学教育科学学报，2010（2）：65-68.

[3] 朴基成，刘 茜. 对高校传统文化教育的思考[J]. 唐山师范学院学报，2009（1）：149-151.
[4] 郝文彦，李瑞冰. 略论高校在引领社会文化发展中的作用[J]. 武汉学刊，2009（2）：49-51.
[5] 张红雄. 借雕虫小技，做育人文章[J]. 教育导刊，2004（8）：19-20.

（本文获2010年“中国深圳·新客家风采国际谜会”中华灯谜传承与发展高峰论坛优秀论文奖）

谜途随笔

伴我走上谜坛的第一次谜会

二十多年的从谜生涯，有些事情如过眼云烟，有些事情却历历在目。1986年在常熟举办的春季全国灯谜邀请赛，虽然已经过去了24年，但总是让人难以忘怀。

1986年4月16日，还在南通河运学校上学的我，与朱建铭、王万森一道，在文化宫王强、灯谜协会郑抒两位老师的带队下，第一次来到江南水乡、中国历史文化名城——江苏常熟，参加为期三天的“1986年春季全国灯谜邀请赛”。

这次邀请赛是由江西《知识窗》杂志社、常熟市民间文学工作者协会联合主办，来自上海、南京、镇江、无锡、太仓、扬州、兴化、南通、淮阴、绍兴、湖州、漳州、宝鸡、天水、辽阳、邢台等市（县）的65位谜友相聚虞山脚下，商灯射虎，其乐融融。

三天的谜赛，让我难以忘怀的除了有虞山十八景及常熟文化宫摩肩接踵的猜谜情景外，更多的是第一次能够与一些经常有书信往来但未谋面的灯谜老师畅快淋漓地交流。至今我仍然保留着一本当时的留言本，二十几年来，我时常打开这本留言本，上面的留言激励着我、影响着我并伴随着我在灯谜事业上不断成长。其中，上海周浊老师的留言是“谜途高且广、愿君勤攀登”；宝鸡田鸿牛老师的留言是“谜坛结知音”；绍兴王文来老师的留言是“绍兴南通共携手”，还有陆滋源、李东航、易中、张君、兰成扣、袁杰、章镳等。而今，斯文犹在，而周浊老师、易中老师、王文来老师等已经远离我们而去，每读其文，无不扼腕叹息，感慨万千！

这次谜赛，我们南通代表队获得团体第一名，我个人也进入前八名，获得优秀射手奖。那一年，我还是一名学生，在当年我所在学校的十件校园大事评比中，我参加这次灯谜比赛并获奖的消息被入选“十件校园大事”。不久，我因在灯谜、书法等方面的特长而得以留校工作。

这次谜赛，我看到了谜界前辈们对灯谜的热情与执着，对灯谜新人的关爱与鼓励。从此，我更加深深地迷恋上了这门古老的艺术，并在灯谜的艺术殿堂里自由翱翔。二十多年来我参加了近二十次全国性灯谜比赛，但“1986年春季全国灯谜邀请赛”却让我难以忘怀，因为那是我走上谜坛的第一次谜会。

（原载《谜海博览》——“迎世博·海内外灯谜创作大赛作品汇编”，大众文艺出版社2010年出版）

虞山虎啸

——“1986年春季全国灯谜邀请赛”简记

丙寅暮春，虞山脚下，江南文化古城——常熟，迎来了上海、漳州、辽阳、南京等八省一市十八个代表队的谜坛老将新秀，共同参加由常熟市民间文学工作者协会和江西《知识窗》杂志社联合举办的“1986年春季全国灯谜邀请赛”。

邀请赛历时三天，于4月18至20日进行了“灯谜竞猜”“评选佳谜”等项目，比赛结果是六个代表队获“优秀团体奖”，八名队员获“优秀谜手奖”，21条谜作入选佳谜。邀请赛还进行了座谈交流，许多新老谜友在通信中有过联系，此次会面，都一见如故，共赞此邀请赛为增进谜友友谊、交流谜艺无疑做了一件大好事。此外，《知识窗》杂志社就如何办好灯谜专栏等问题还广泛征求了各地谜友的意见。

竞猜期间，还进行了对外展猜活动。18、19两日晚，常熟市工人文化宫内灯火辉煌，约600条南灯北虎交映争辉，猜射群众摩肩接踵，挽弓试箭，谜笺纷纷落下，气氛十分活跃。

比赛间隙，代表们还游览了常熟的风景名胜，许多谜友还制了些即景谜。

此次邀请赛得到常熟市委有关部门的重视，一些新闻单位也进行了采访报道。《知识窗》杂志第五期报道了此次比赛盛况。

附：花絮一束　四则

● 4月18日开幕式前，一辆远道而来的面包车在会场大门前停下，很是令人瞩目。原来，南通市职工谜协为了让更多的会员一睹邀请赛的盛况以增长见识，特地租了一辆十客小车，由郑抒理事长带队不远百余里，横渡长江，前来观摩、学习。

● 4月19日中午，南通队首先在会议室门前悬谜候教，吸引了众多谜友前来猜射，有的甚至捧着饭碗边吃边猜。只见漳州、南京、镇江、上海、无锡、常熟等地虎将挽弓竞射，不到一小时，32条谜竟被猜中30条。随后，绍兴、宝鸡、漳州、南京、镇江等代表队也在当天及第二天挂谜，供各地谜友猜射。

● 佳谜评选揭晓，因有五则谜作均以获得十四票而并列入选，超过原定评佳数目，奖品不够怎么办？后绍兴王文来、章镳，南通王万森三人各让出了佳谜奖品——景德镇瓷花瓶一只，博得大家称赞：风格与谜艺俱佳。

● 4月20日晚，南京队陆滋源等师友在房间里挂出了许多“即物赠”谜供大家猜射。刚好我们二人拜访到此，便学猜一番，竟连中十数条，得到图钉、火柴、信封、橡皮、铅笔、微型牙膏乃至白纸等小奖品。真是“猜谜之趣不为奖——乐在其中”。

（原载1986年第一期《珠语集》，朱建铭、王栋臣合编）

“谜人”的世界真精彩（一）

灯谜来源于生活，生活之中不乏灯谜创作的素材，只要你留心观察，就会发现，我们所处的世界是一个“谜”人的世界，而这“谜”人的世界真精彩！

早晨一觉醒来，本想再捂一会儿被子，可一看时间不早，连忙起床洗漱，也便做出了“没有闲情睡懒觉（打一机械工具）无心磨床”这条谜了；泡上一碗统一方便面，面还未软，这谜却让我做出来了，以“海峡阻断难相聚”扣“统一方便面”，这不正是“统一之后才方便见面吗？妻见我吃面时那囫囵吞枣的样子，在一旁说：“瞧你那吃相，真是狼吞虎咽。”哎，“吃饭狼吞虎咽”扣医学名词“食物过敏”不是刚好吗？我一拍大腿跳起来，嗨，又是一条好谜！

星期天陪妻上街逛店，面对琳琅满目的商品，我关心的并不是其价格、性能，而是盘算着如何将这些商品的名称、商标、功能等入谜。于是在家电柜前，我做出了“万里雄关图”扣家电商标带功能“长城画中画”；“扶老携幼”扣空调规格“一拖二”等作品。在服装厅内，妻在挑选时装，我却在给这些异彩纷呈的各类服装“与虎谋皮”。看到一件皮背心，我马上想到谜面“表里不一”，“表里不一”当然就是“皮”与“心”相背；服饰名牌“皮尔卡丹”本是一个音译词，而谜人特有的灵感让我将这四个字化无意为有意，以唐诗一句“却嫌脂粉污颜色”扣之，信手拈来，甚感满意。

“谜人”的世界真精彩（二）

有时到外地出差，人在旅途，最难熬的要数寂寞了，但谜人却能以独特的方式来化解这寂寞，或制谜，或猜谜，十多小时，乃至几天几夜的旅途生活都会在不知不觉中度过。一次从上海乘火车去厦门，我以一条“京广线上作调查”打《渴望》歌词一句，让同行的旅客猜，那时电视台正在播放《渴望》电视剧，因此谜底很快被一位中年女子揭出：问询南来北往的客。结果许多旅客围过来要我出谜给他们猜，整个旅途都充满着猜谜的喜悦。

人生在世，难免会遇到一些麻烦事，但此时我往往能以谜自嘲或自励。家中的洗衣机坏了，既不洗衣也不能脱水，妻子愁眉苦脸，而我却苦中作乐，这“双桶洗衣机，整机出故障”扣四字口语“不干不净”不是一条现成的谜吗？1992年7月我在南京进修期间，恰逢百年不遇的大洪灾，许多同学被困在公寓内焦急万分，应时应景，我以一则“只要有党在，洪水定能退”打一字“共”，投书《新民晚报》，不久即发表。

平时读书、看报、看电视的时候，我总喜欢给一些新事物、新事件创作灯谜。1995年11月份从报上看到一则消息，说美国“奋进号”航天飞机因化粪池堵塞，宇航员方便不成憋得难受不得不提前返回地球，我便做出这样一条谜：“奋进号”为何提前返航（打《桃花源记》一句）“便要还家”，意思为要行“方便”所以才提前回到地球老家来；在电视上看到一些城市流行一种“氧吧”

时，我便以“氧吧”为面扣五字口语“花钱买气受”，当然，这里的气应当别解为“氧气”了……

谜人有别于常人，因为他比常人多一只“谜眼”，用这只“谜眼”看这世界则别有一番情趣，真是世界之外别有洞天，“谜人”的世界真精彩。

（原文分别载于1996年1月26、3月1日《南通港口报》、1997年《中华谜报》转载）

琴岛射虎乐
——全国“双星杯”灯谜赛见闻

可云　亦乐

前不久，全国谜界高手云集青岛，展开了盛况空前的“双星杯”灯谜角逐赛。谜将们挽弓搭箭，探骊射虎，切磋谜艺，增进友谊。现将我们当时的所见所闻录下，奉献给读者。

这次邀请赛可谓规模盛大，高手如云，全国105支谜坛劲旅计424名射虎骁将参赛，其中有谜坛泰斗兰州马啸天、沈阳韦荣先，有《中华灯谜研究》一书的作者陆滋源，也有年仅十四岁的初中生。

南通市派出了一支由二药厂朱建铭、河校王栋臣、人民印刷厂王永钰、纺机厂沈玉泉组成的市队参赛。经过大家的共同努力，南通市代表队获全国第2名。朱建铭代表省队参加电视决赛为江苏省荣获第2名立下了汗马功劳。朱建铭获得“最佳谜手”称号、沈玉泉获得“佳谜奖”。谜坛名将、辽阳电视台总编室主任李东航赞誉道：南通谜界真是后继有人啊！

参加这次邀请赛的女谜手有10多位，而南通市女将王永钰更是引人注目。23日的内部会猜中一条，“‘阿Q的讳忌’打一电影名”挂出后全场哑然，长久的沉默中，王永钰以《别叫我疤痢》一语中鹄，赢得代表们声声喝彩。真是巾帼不让须眉。

大赛期间，适逢第十三届全国人民代表大会在北京隆重召开，有关讴歌十三大的灯谜佳作纷呈。最为人们称道的一条是荣获佳谜奖的“‘十三大——改革之会，团结之会’打一字‘奉’”。

谜赛期间各省市代表队都带来了各自的特色节目：云南个旧的谜友向谜会介绍了1987年9月去老山猫耳洞送谜展猜的动人情景，并放映了带来的“猫耳洞里猜灯谜”录像，使代表们备受感动。

代表中，一位衣着朴素的谜友很是引人注目。他是来自河南长葛县的农民谜将郭喜木，为了参加这次盛会，不惜自费千里迢迢赶来青岛。24日中午，阵阵击鼓声伴随着阵阵笑语声从展猜大厅传来，广东、香港代表们正在这里进行击鼓抢猜。击鼓抢猜是潮汕一带猜射灯谜的传统方式，猜中以连声击鼓以示“通通通……”，不中则以二声一停以示“不通，不通……”，由于这种形式很是新颖活泼，一下子吸引了众多谜友。

为使南通市灯谜爱好者同乐，现将南通市队主擂的部分谜作辑录于后，供大家猜射、欣赏：

（1）广州、张家口、临夏（新词语一）大陆探亲热，王永钰 作；

（2）东临泰山（杂志一）《主人翁》，周松林 作；

（3）正是归时不见归（商品一）女人字拖，朱建铭 作；

（4）停战协定（鲁迅篇目二）《同意和解释》《火》，王栋臣 作；

（5）中国裁军知多少（刊物一）《我们100万》，沈玉泉 作。

（原载1987年11月21日《南通日报》，可云、亦乐为王栋臣、朱建铭笔名）

谜乡探“谜底”
——石狮首届中华灯谜艺术节回眸

王栋臣 朱建铭

“五一”期间，作为石狮首届中华灯谜艺术节的江苏代表，我们南通一行4人踏上了“中国灯谜艺术之乡”——福建省石狮市的土地。

艺术节期间，我们参加了泉州第三届旅游节暨第五届中国国际舞狮邀请赛开幕式、石狮首届中华灯谜艺术节的各项活动，主持了“万条灯谜庆佳节”江苏区的对外展猜活动等。身临其境，我们真正感受到了石狮人热爱灯谜的浓厚氛围。

灯谜是我国民间文艺百花园中的一朵艳丽的奇葩，历来为人民群众所喜闻乐见。在石狮，我发现，灯谜组织犹如雨后春笋，各个乡镇、街道，一些企事业单位都相继成立了谜组，编印谜刊谜报，并经常举办展猜或赛事。石狮的“普法谜会”“思亲谜会”“新婚迷会”至今仍为人们津津乐道。在5月3日晚举行的“万条灯谜庆佳节”对外展猜活动中，群众摩肩接踵，对一条条灯谜作品表现出浓厚的兴趣。在江苏展猜区，我们共悬出80条迷作，两个小时不到竟被猜中72条，其猜谜水平之高，就连我们这些“专业”谜人也不得不服。

“灯谜艺术短小精悍，猜制灯谜可以不受时间、地点限制，只要有人，会讲汉语，都可猜灯谜，这种娱乐方式很适合我们石狮人快节奏的生活、工作方式。”石狮市谜协的一位负责人告诉我们，“我们当地政府对这一传统乡土文化非常重视，通过发扬光大，灯谜艺术与北狮表演、南音演奏已成为我们石狮极具地方特色的三大艺术形式。在石狮，搞文体活动，办灯谜赛事，没有办不成，办不好的。”

事实正是如此，就拿这次泉州市第三届旅游节来说，灯谜艺术节只是其系列活动中的一项，还有两项分别是“第五届中国国际舞狮邀请赛”和“‘石狮杯’旅游形象小姐选拔赛”。按常理推测，舞狮赛是国际级别的，“选美”是最热门的，而灯谜则可能是旅游节活动的点缀罢了。而当我们报道后打开那本印制精美的《灯谜艺术节指南》时，这种推测即被推翻了，服务须知、活动安排、组委会成员、评委会成员、活动方案、开幕式议程等，无一不告诉我们，这次艺术节是经过周密组织和策划的。最令我们感动的是，每到一处活动地点，我们便会受到夹道欢迎，有鼓乐相邀，有鲜花相送，尤其是5月4日赴蚶江镇参加“蚶江灯谜馆”开馆仪式及文化部“灯谜艺术之乡”授牌仪式时，欢迎群众的队伍竟有1 000米之长……我们为自己作为一个谜人而感到无比自豪。

说到石狮的灯谜，我们不得不着重提一提蚶江镇。蚶江镇位于石狮市北部，是台湾同胞的祖籍地之一，这里的灯谜活动历史悠久，早在清末民初，蚶江镇就有民间灯谜社团——“谈虎楼”。近百年来，蚶江镇的民间谜家办谜会、出谜书、编谜报，从未间断。逢年过节，更是张灯结彩，设谜征射，搞得红红火火。蚶江人往台湾地区、往香港地区、往国外经商，也将家乡的灯谜传播到旅居地。

（原载2001年5月20日《南通日报》）

大成殿鼓声咚咚　打虎台其乐融融

——市群艺馆元宵灯谜击鼓开猜记趣

2月12日是我国民间的传统“上灯”之日，外面虽是细雨霏霏，而市群艺馆大成殿内却座无虚席。随着张馆长手起槌落，一声鼓响，市群艺馆元宵灯谜击鼓开猜活动拉开了帷幕。

当编号为1的首条谜“上灯之时猜灯谜（打一军事名词）”被一戴眼镜的青年人以“点射”一矢中的后，主持人一声击鼓使场内气氛顿时活跃起来，大家争先恐后抢着猜射。一位中年人将“黄河之水天上来（打一广播用语）”猜作“空中桥梁”被主持人击鼓两声以示“不通”之后，一位中学生立即站起来修正了刚才的谜底且加以解释：“谜底应是‘空中交流’，黄河之水应是流动的。”主持人点头赞赏。

随着咚咚咚的鼓声，谜板上的谜条一条条被揭去。当进行到高潮之时，一条“只盼日头落西山沟（打一成语）”难住了各路射虎将，许多猜众均把猜射的思路局限于这一句话中，而没有联系到《纤夫的爱》这首歌的整个意境。当主持人提示说应用灯谜中的“承上启下法”破底，也就是说，要联系到这句歌词的下句“让你亲个够”时，通师一附的王广炎小朋友略加思索后脱口报出谜底“任人唯亲”，令主持人及在场的许多打虎将惊叹不已，都说后生可畏。

这次开猜总共出了54条谜，其中仅有的4条字谜均被医药公司的程小姐猜中。

（原载1995年2月14日《南通日报》）

欣赏日环食　趣猜即景谜

如虎　可云

23日上午8时半，如皋肉联厂杨建敏、市二药厂朱建铭应南通河校王栋臣之约，在河校操场上兴致勃勃地拿着各人自制的观察工具，等待着日环食的到来。这三位谜友随着观察日环食的整个过程，开展了一场即景猜谜的活动。

8点36分，小杨环顾四周，见许多人正在抬头仰望，于是首先说道："请你们根据这时的情景打一个礼貌用语。"话音刚落，小朱立即讲出了谜底。小王灵机一动："好，目睹此情此景，请大家猜一条骊珠格谜。"小杨自语道："大家都把头抬着在看太阳，头是首……首都，太阳是光，噢，出来了！"他脱口而出，道出了谜底。

9时半左右，太阳约有一半被月亮遮住了，小朱触景生情地说："来来来，你们看看现在太阳与月亮的位置，请打一成语。"这下子可把小杨、小王给难住了，小朱唯恐耽误时间，提示道："月亮又叫什么？"小王仔细一想，月亮古代叫太阴。嗯，太阳，太阴，谜底不是很明白了吧。大家会意地笑了。

10点04分，太阳只剩一道金环，小王指着太阳出一谜，打一成语。小杨、小朱不约而同道出了谜底。

10点07分，原先的那道金环又缺了一个口，小朱说："大家快看，现在猜一部电影名。""日出。"小杨不假思索地抢道。"不是不是，你先看看，这金环原先什么样子，现在又是什么样子。"这一说，小王高兴得跳起来。"原来是这个，好！好谜！"

太阳中的黑影渐渐地消失了，刚才没猜中谜的小杨又开口了："好了，此刻重新看到太阳，请你们猜一个日用品商标吧！"结果小王、小朱都没猜出。朋友，请想一想他们即景猜谜的六个谜底各是什么？

（原载1987年9月27日《南通日报》，作者如虎、可云分别为杨建敏、王栋臣笔名）

《红楼梦》之我见

"开谈不说红楼梦，读尽诗书也枉然。"《红楼梦》一问世，就惊动了当时的社会，以至流传至今，"红楼热"仍方兴未艾。它的思想性及艺术成就已被世人所推崇，尤为我们谜人所称道的是：小说家把复杂的生活现象成功地描绘下来，组成广阔的时代画卷，没有多方面的知识和修养是不行的。

一部“红楼”，它不仅以小说的主笔刻画了代表着封建社会各个层次的人物及其矛盾，同时对当时的风俗人情、园林建筑、琴书诗画乃至烹调美食都有独特的见地。以文而言，其诗、词、曲、赋、歌、谣、谚、偈语、联额、书启、酒令、骈文、拟古文……应有尽有；就诗而论，有五绝、七绝、五律、七律、歌行、骚体，有咏怀诗、咏物诗、怀古诗、即事诗、即景诗……五花八门，丰富多彩，读完“红楼”，谁敢不为之拍案叫绝？惊叹之余，我想：作为一名谜人，如能像曹雪芹一样，做到能文会诗、工曲善画、博识多见、杂学旁收，即使不成专家，唯成杂家，那他也便是一位了不起的谜家了！

（原载1989年3月《浦东谜刊（红楼谜会专辑）》）

浅论灯谜科学性

一则灯谜，其谜面与谜底之间一般是通过字义关系直接相扣而成的，即所谓纯粹的“文字游戏”，如“无事生非”扣“空间差”，即属此类；还有一类，则与此不同，它是通过事物的主要特征来联系谜面与谜底。前类灯谜着重注意的应是语法、逻辑等所谓“语义法”，此类灯谜的制作一般不会发生错误，因为即使有误，那也是很明显的，因为底面之间完全是一种文字的关系，而无须去考虑其他问题；后类则显然不同，如“电扇”扣“转变作风”，若按前类方法去考虑，则“电扇”与“转变作风”完全风马牛不相及，而倘若避开它们的文字关系，从后类方法入手即只考虑“电扇”本身的主要特征，即猜中“转变作风”也就不困难了。

前类灯谜最常见，这里不再赘述。现着重来探讨后类，这类灯谜是通过事物的主要特征来联系谜面和谜底的，因此一定要注意其科学性，即这种特征一定是科学的，而不能有谬误。《九州谜萃》(2) 上曾有这样一条谜，以“染色体”扣“决定性因素”，作者本意是“染色体”乃“决定性别的因素”，但生物学却告诉我们，染色体分性染色体（即X、Y染色体）和常染色体两类，而只有性染色体才是决定性别的因素，所以单以染色体来扣“决定性因素”显然是不科学的。如若改为“X、Y染色体”来扣“决定性因素”即可。

这类灯谜还应注意的是一定要反映事物的主要特征，这里“主要”二字不可忽视。如可以用“彩电故障”扣“不露声色”，因为彩电发生故障后，确没颜色，也无声音。曾见一谜，面为“红灯”（骊珠格）扣“交通工具卡车”。笔者认为此谜不当，原因是“红灯”二字的外延太广，它并不一定指是十字路口用于交通工具的“红绿灯”，亦即“红灯”的主要特征并不完全是用来“卡车”的，而只有十字路口的“红灯”才是用来“卡车”的，故须将面改为“十字路口红灯亮”方能扣合“交通工具卡车”。

还须说明的是这类灯谜是通过事物的特征功用等来扣合谜底，谜底须经别解方能扣合谜面，不经别解，则底面完全不合。正是如此，它同谜语有着质的区别，因为谜语是把某一事物特征、功用等隐含反映在谜面内，再把所有特征通过归纳，统一为某事物，结出谜底。

总的说来，在制（或猜）后类灯谜时，应严格注意其科学性，即对事物的主要特征要掌握，否则极易误入歧途。

以上浅谈，纯属一家之言，合理与否，希望大家指教！

（原载1986年第一期《珠语集》，朱建铭、王栋臣合编）

南通灯谜，我们在传承！

2014年月4月，南通市第三批市级非物质文化遗产名录公布，“南通灯谜”位列其中，南通市职工灯谜协会成为“南通灯谜”传承基地；不久，“南通灯谜”“非遗”传承人名单也公布，其中南通市职工灯谜协会的顾焕清、周松林、朱建铭、王栋臣榜上有名。消息传来，我们为之振奋，也为之忐忑。振奋的是，南通灯谜，经过几十年的历史涤瑕、凝练乃至升华，终于荣升为“非遗”项目；忐忑的是，盛名之下，我们深感肩上责任的重大……

享有“近代第一城”美誉的南通，其实也是灯谜之乡，其商灯射虎的民风由来已久。20世纪60年代初，南通市劳动人民文化宫成立了南通市职工业余兴趣小组，在南通第一代谜人创办的谜集《乳虎集》上，陆续有了南通灯谜爱好者的灯谜作品以及全国各地的灯谜活动资讯等；1978年，南通市职工灯谜研究小组成立，1985年改名为南通市职工灯谜协会，从此，南通的灯谜爱好者就将灯谜协会视为自己的家，在这里进行灯谜创作、猜射、研究活动。当时的南通城，曾掀起一股灯谜热潮，并吸引了一大批灯谜爱好者参与各种灯谜活动，从此，南通的灯谜活动风生水起。尤其是20世纪80年代末以来，南通进入灯谜活动的“黄金时期”，除了春节、元宵、中秋等传统节日期间的阵地灯谜活动外，南通市职工灯谜协会更是走出家门，代表南通市参加海内外各种谜事活动并屡获佳绩。据不完全统计，从20世纪80年代至今，南通市职工灯谜协会获得省级以上现场谜会三等奖以上的奖项就达20余次。另外，众多会员的灯谜作品被各种灯谜刊物刊载，并获得各项创作奖，王栋臣、沈玉泉、袁试、朱建铭等南通谜人的灯谜类学术论文多次获奖，有的被相关学术刊物刊登。目前，南通市职工灯谜协会已经成长为一支融灯谜创作、灯谜猜射、学术研究于一体的全能型灯谜组织。

50年，只是人类历史长河的一瞬间，但是却创造了南通灯谜的辉煌，这种辉煌离不开几代南通谜人的薪火相传。20世纪五六十年代，是陈学海、周松林、安铁生、李民族等点燃了南通灯谜的星星之火；七八十年代，曹家仁、顾焕清、张炳山、朱金富、王永钰、朱建铭、杨建敏等一批中坚谜人扛起了南通灯谜的大旗；90年代至今，以顾焕清、周松林、朱建铭、王栋臣、钱舜华、丁玉玫为代表的南通谜人将南通灯谜活动的开展推向了一个新的高度，其中由顾焕清策划主持的“文峰大世界”新春灯谜会时间纵跃20年，地点横跨南通、通州、如皋、如东、泰州、连云港等地区，掀起了以上各地新春猜灯谜的热潮；有谜界“黄金搭档”誉称的朱建铭、王栋臣二人，90年代初就在南通经济广播电台开设灯谜空中课堂，传授灯谜知识，与听众互动猜谜，多年来，这对“黄金搭档”除南征北战参加全国各地谜赛为南通灯谜增光添彩外，他俩还深入南通航运职业技术学院、南通体臣卫校、南通市唐闸中学、如皋勇敢小学、南通市图书馆、南通市濠东社区、南通市老年活动中心、南通人民广播电台、港闸区政府等，或开设灯谜讲座，或举办灯谜比赛，他们为南通灯谜的发展与传承积极耕耘，未曾停息！如今，南通航运职业技术学院的“廉政灯谜”已经成为该校的特色文化品牌，如皋勇敢小学灯谜特色建设工作也得到上级主管部门的高度评价。

南通灯谜历经50年的发展传承，已经涌现出一批各怀技能的南通谜人群体。其中顾焕清的“商场灯谜文化”在全国堪称绝无仅有；朱建铭的“神射”

水平创造了一个不老的神话；女将王永钰以其七十多岁高龄却保持猜制俱佳，堪称谜界传奇；秦晓春的“梨花谜”、黄宣东的“离合谜”在国内谜界颇受好评；另外周松林的对联、张强的篆刻、钱舜华的书法、杨建敏的摄影等，虽非谜道，却也宣传灯谜、服务灯谜，为南通灯谜的传承发展做出了不朽的贡献！

如今，“南通灯谜”申遗成功，五位灯谜传承人也是众望所归，我们为之高兴，为之骄傲。但是我们也清醒地认识到，随着文化娱乐多元化的出现，灯谜作为一门“小众”艺术，其爱好者队伍正逐渐萎缩，尤其年轻人中的灯谜爱好者越来越少，为此，我们深感灯谜传承责任的重大。但是我们相信，随着全社会对传统文化回归的渴求与呼唤，有我们南通乃至全国灯谜爱好者的不懈努力，灯谜这一中国优秀的传统文化一定会代代相传，薪火不息！

南通灯谜，我们在传承！

［原载2015年3月《濠滨谜苑》（《濠滨谜苑》活页谜刊创刊十周年纪念特刊）］

我所认识的朱建铭

二十年前，还在平潮中学读书的我，经常独自一人骑四十里的自行车到南通城里去猜灯谜，那时便认识了朱建铭。记得与朱建铭的第一次接触是在文化宫的一次“五一”挂猜上，那次我猜中了许多谜，引起了当时正在主持的朱建铭的注意，于是我们相互留了通信地址。回去后，我便试着寄了一些谜作给他。一个月后，我收到邮局寄来的邮件，打开一看，里面是一期散发着淡淡油墨味的打字油印的《紫琅谜刊·增刊》。谜刊里录用了我的两条谜，当时我非常激动，因为那是我平生第一次发表谜作。随谜刊朱建铭还给我附了一封信，信中对我的谜作做了一下点评，并鼓励我认真学习，练好基本功。

1985年，我进入南通河运学校读书，毕业后又留校工作，从此便有了更多的机会与朱建铭一起“玩谜”：我们一起合编《珠语集》谜刊，一起同台主持文化宫的“濠滨夏夜灯谜晚会”，一起主持南通经济广播电台的猜谜节目；我们曾多次共同策划本市工厂、商场、学校等单位的猜谜活动，还十一次携手南征北战参加全国各地举办的谜会……在“玩谜”中我们结下了深厚的友谊，在“玩谜”中我也对建铭的谜品、人品有了一个全面的认识。

与其他谜人一样，朱建铭也是在文化宫的灯谜活动中逐渐成长起来的，而他之所以能成为灯谜界一颗耀眼的“星”，这与他三十年来对灯谜艺术的执着是分不开的。毋庸置疑，灯谜是一门艺术，它确实能陶冶你的情操、锻炼你的思维，但它也“消耗”你的时间，“浪费”你的金钱，因而谜海茫茫，许多人或如昙花一现，或如彗星一闪。那是因为生活艰辛者因忙于生计没能力“玩谜”，而养尊处优者因生活丰富多彩而不屑“玩谜”，于是乎那些几十年来能对灯谜艺术孜孜不倦的人往往也就屈指可数了，而朱建铭即属此列。他能做到“宁可食无肉，不可居无谜”。在他的家里，你见不到一件高档的家具，但陈列在他家书橱里的数百本灯谜书籍及整尺高的获奖证书一定会让你惊羡不止。朱建铭的工资不高，但在灯谜方面他一点也不吝啬，他花钱购买了许多谜书，在灯谜刊物上主擂有奖猜谜活动，自费参加各地谜会、谜赛……

正如其“谜品”一样，朱建铭的“人品”在谜界中也是值得称道的。南京一位已故谜人生前体弱多病，他曾专程去南京探望他，并主动帮助他求医问药，还多次利用我去南京学习的机会捎一些灯谜资料给他。1997年他参加湖北“东风杯”灯谜赛获二等奖后，听说丹东一位谜人身患重症，经济很困难，虽然他与那位丹东谜人素不相识，但他依然请主办单位代他将100元奖金捐给了那位丹东谜人。

朱建铭长我10岁，在谜界摸爬滚打至今20多年，其取得的成就已为谜界所公认，其为人之道更值得我们学习。如今，市总工会和市文联将其评为“职工明星艺术家”并为其出一本灯谜作品专辑，我认为这是一件非常有意义的事情。这样，一来圆了其多年来想出一本个人专辑之愿望，二来可以让我们能系统地欣赏到其灯谜作品的艺术风格。愿建铭的灯谜艺术之树常青。

（原载《朱建铭灯谜作品选》，2002年出刊）

览录而知旨，观目而悉词
——《中华灯谜史鉴书籍提要》序

灯谜史作为中国文化史中一门独特的史学分支，其研究始盛于1928年钱南扬的《谜史》一书的出版。《谜史》作为近一个世纪以来谜学研究最重要的成果之一，奠定了灯谜学作为一门学科的学术研究的基础，乃至其后数十年间无出其右者。21世纪以来，特别是近几年以来，以《谜史丛谈》《中华灯谜史（先秦至民国）》《中华灯谜年鉴（2016—2018）》《中国民间文学大系·谜语·河南卷（一）》等大部头灯谜史籍的相继出版及《潮汕灯谜史》等地方谜史研究著作的陆续问世，翻开了新时代灯谜史学研究的崭新篇章，并涌现出刘二安、柳忠良、顾斌、邵才、魏育涛、朱墨兮、项行、胡文明、苏德友、丁培坤、诸家瑜、黄全来、徐成校等一大批谜史研究翘楚，其中，最为出类拔萃者当非刘二安莫属。

我和二安兄初识于1992年福建省第二届灯谜节期间，其后经常保持联系。近30年来，我欣喜地看到二安兄在灯谜学术研究、灯谜刊物编印、灯谜专著出版、灯谜非遗申报等方面取得的巨大成就。可以说，在灯谜界，他是一面旗帜，从谜30多年来其编著出版谜书70余种，把著作等身这四个字送给他一点也不夸张。今天，他与丁培坤联袂编著的《中华灯谜史籍书目提要》即将付梓。这本书的问世，具有里程碑式的意义：该书填补了我国灯谜史籍目录学方面的空白。目录学作为致用之学，是个基础学科，收集广泛、记载全面是体现书目学术功能的一个重要标准。《中华灯谜史籍书目提要》本着巨细无遗、应收尽收的态度，广征博引，旁稽博采，尽可能将属于收录范围内的中华灯谜史籍书目囊括其中。此外，在书目编排方面，则融合了中国传统目录学理论和近代以来西方目录学知识，在遵循“人守其学，学守其书，书守其类”原则的同时，创新分类体系，反映了在中西目录学交融下书目分类的新发展。

我认为，《中华灯谜史籍书目提要》作为一门工具书，其主要特点体现在如下三个方面：

一是收录全面，分类创新。该书搜集了近百年间出版或编印的57部灯谜史鉴书刊，并按谜史、流派谜社、地方谜史（公开出版）、地方谜史（内部资料）、年鉴、期刊进行分类，最后还附录了“谜史目录节要”，收录其他非灯谜史鉴专书的相关内容，其内容收录全面，分类创新而不群。

二是体例科学，著录周详。本书目提要的体例包括基本情况、编著者介绍、内容介绍及简要评价四方面，凡公开出版的谜史专书，一般全文照录其原目录，并以“章、节、小节”或“篇、章、节”作三级显示，内部资料、年鉴、期刊因其特殊性而另做处理，其中对每本书的信息都著录得非常周详。

三是内容翔实，评价客观。本书目提要就所收灯谜史籍之内容、特点及得失等均作简要述评，尽量从原书序跋中摘录，并注明出处，以显客观。所引录的原书目录，在内容及形式上，悉照其旧，不做增删，此处体现了本书编著者尊重原著、实事求是的治学精神。

“剖析条流，甄明科部”，着力展示中华灯谜史籍的学术特点与文化魅力，使读者能够“览录而知旨，观目而悉词”，从而更好地利用、研究中华灯谜史籍，是《中华灯谜史籍书目提要》重要的学术价值所在。

是为序！

2020 年 3 月 6 日于金水湾

王栋臣灯谜作品评析

1. 赢得仓皇北顾（电影）《胜利大逃亡》

评析：郑百川

“元嘉草草，封狼居胥，赢得仓皇北顾。”是宋代爱国词人辛弃疾《永遇乐·京口北固亭怀古》中的名句。他所感慨的是，南朝宋文帝刘义隆好大喜功，草率北伐，落得败北奔逃的结局。

“赢得仓皇北顾”是对这一贪功取败的历史事件的艺术概括，是个带有讽刺意味而又惋惜感叹的句子。“赢”原是得胜之意，但“赢得”在宋词中通常只作“得到”“落得”用，在本词里也作此解——“赢”并无“胜”义。

电影《胜利大逃亡》，片名起得充满矛盾，既“胜利”还要“逃亡”，而且“大”！这种既相反又无联系的境界，欲取为谜底，实在会费去作者很多的苦思，而令谜思不灵者望而敛手。本谜主人捡出辛词挂面，抓紧“赢”的原义，变虚为实，拢紧谜底的“胜利”，又将“北”字的“败走”之义轻轻揭出，抓住“逃亡”之意，更借助那由“仓皇”修饰着的“北顾”，使“大逃亡”的情景被形容得淋漓尽致。如此偷换概念成谜，能用一句“妙手偶得”的套语轻易予以品评吗？

昔人论谜，以为“有是底必有是面”，然一底当前，若个个见其佳处虽不相谋，必亦千人一面，面虽佳，佳而何益！要在人不见其佳而见其难，我能解其难而使之佳，如此才是真佳。余读此谜，为其缚虎手段所折服，而以为“有是底必有是面”……未必！

（原载《古今优秀灯谜鉴赏辞典》，赵首成，邵滨军著，漓江出版社1991年出版）

2. 言私其豵，献豜于公（分配用语）个人得小头，集体得大头

评析：邵滨军　赵首成

【注析】面出《诗经·豳风·七月》。该篇真实地记录了西周时期周人从公刘以来在豳地所进行的生产活动和社会实践。豵，一岁的猪，诗中泛指小兽；豜，三岁的猪，诗中泛指大兽。面意为“小兽归私人占有，大兽归公家所有”。底之“头”原意为“方面、部分”，谜中将其别解为量词，即表示动物数量的“头”，并进一步引申为猪这种动物。

3. 匪来贸丝，来即我谋（常言）生意不在情义在

评析：邵滨军　赵首成

【注析】面出《诗经·卫风·氓》：“氓之蚩蚩，抱布贸丝。匪来贸丝，来即我谋。” 题面道出了氓“抱布贸丝”的真正目的：氓不是来买丝的，来的真正目的是向我商量婚事的。匪，非也。“匪来贸丝”扣“生意不在”，此处“生意”还其本意，指商品交易；“来即我谋”扣“情义在”，此处“情义”别解为“爱情”之意。

4. 十家租税九家毕，虚受吾君蠲免恩（学校用语）第一节课

评析：邵滨军　赵首成

【注析】面为白居易《杜陵叟》诗之末两句。元和三年至四年春天，京畿及江南百姓饱受旱灾之苦。此时白居易正在左拾遗任上，对百姓十分同情，于是与翰林学士李绛共同上书，请皇上减免灾区租税，宪宗照准“二人之请”。但此诏发至灾区时，十分之九的农户租税已交纳完毕，如此，“德诏”成为一种无情的讽刺。《杜陵叟》即针对这一史实而作。谜底中“第”别解为“家第”；“节”由量词别解为动词，作“免去”解；“课”，赋税也。“十家租税九家毕”中

“十、九”本为虚指，意即大部分租税已上缴完毕。此处化虚为实，别解为：十家中有九家租税已交毕，那就只有一家得以免交。

5. 人方为刀俎，我为鱼肉（建筑设计名词）自由分割

评析：邵滨军　赵首成

【注析】面句出《史记·项羽本纪》。公元前206年，秦王朝在农民起义军的沉重打击下已濒于灭亡。反秦力量中的两大主力项羽、刘邦奉楚怀王之命向秦王朝首都咸阳进击，并约定“先入咸阳者王之”。项羽因援救赵国而延缓西进，而刘邦已由武关入秦，先占领了咸阳。对此，项羽十分气愤，想凭恃自己的强大实力撕毁盟约，消灭刘邦，称霸关中。刘邦在敌强我弱的形势下采纳张良建议，亲自到驻扎在新丰鸿门地方的项羽军中谢罪，并表示“不敢背项王”。这就是历史上著名的“鸿门宴”。面为刘邦大将樊哙语，即项羽他们现在是切菜的刀和案板，而刘邦、樊哙等人便是这案板上的鱼肉。俎，切肉的案板。谜底“自由分割”别解意为“我们自然任由他们去分解、宰割了”。

6. 荷尽已无擎雨盖（机械零件）滚珠轴承

评析：邵滨军　赵首成

【注析】苏轼绝句《赠刘景文》云：“荷尽已无擎雨盖，菊残犹有傲霜枝。一年好景君须记，最是橙黄橘绿时。”擎雨盖指荷叶，其状如伞盖，下雨时能承接雨点。面句意谓荷叶枯萎，已无承雨之具。底名经别解后推演谜意作：滚动的雨珠，则由花轴即荷梗来承接。

【点评】已故之刘子荫先生曾为底择面“露滴翠荷擎不定”，其“轴”字乃作方位指示“轴心”解，以“不定”刻画一“滚”字尤妙。本谜则另辟蹊径，异想天开，认定花梗亦可承雨；虽于情理不合，但依谜理却许做此推想，故得翻空出奇，无理而妙。

7. 舍南舍北皆春水（广告语）房源充足

评析：邵滨军　赵首成

【注析】面出杜甫《客至》："舍南舍北皆春水，但见群鸥日日来。花径不曾缘客扫，蓬门今始为君开。盘飧市远无兼味，樽酒家贫只旧醅。肯与邻翁相对饮，隔篱呼取尽馀杯。"谜底别解为"房舍的水源很充足"之意。

8. 儒为席上珍（新词语）文化大餐

评析：邵滨军　赵首成

【注析】出面《增广贤文》，其下句为"士者国之宝"。《增广贤文》以有韵的谚语和文献佳句选编而成，内容十分广泛，从礼仪道德、典章制度，到历史典故、天文地理无所不包，其中讲人生哲理、处世之道。"儒"古代指文化人，"席上珍"即"宴席上的珍品"。谜底别解为"文人化作一道大餐"与面相扣。"大"，概言珍贵也。

9. 一念堪叫苦，错将芳心许（汉语名词）古文字

评析：邵滨军　赵首成

【注析】谜面写一闺中少妇在饱尝了婚姻的苦果后发出的懊悔之声："当初的一念之差，如今让人叫苦不迭，恨只恨错误地将自己的芳心暗许给这个男人!""一念"（艹）欲成"苦"字，则应加"古"也；"错"扣"×"，"芳心"扣"亠"，"许"扣"字"，上三部与一"古"字组合成谜底"古文字"。

10. 满纸荒唐言（教学词语）下水作文

评析：邵滨军　赵首成

【注析】《红楼梦》第一回曹雪芹题《金陵十二钗》（按，即《红》书）一绝云："满纸荒唐言，一把辛酸泪！都云作者痴，谁解其中味？"谜取其首句为面，实乃借以领起、击动下一句共同扣底。盖"一把辛酸泪"本喻流下泪水——"下水"，而"满纸荒唐言"则言写作文章——"作文"也。谜底"下水作文"，原指语文教师在批改学生作文前自己先写好的一篇同题作文。

【点评】好一个"下水作文"！区区四字即写尽作者于悼红轩中披阅十载、增删五次，以及绳枢瓮牖、举家食粥的千辛万苦。若芹圃地下有知，想必起而引谜人为知己，不再感喟"谁解其中味"矣！

11. 纵一苇之所如（成语）放任自流

评析：邵滨军　赵首成

【注析】面见苏轼《前赤壁赋》。宋神宗元丰三年（1097），苏轼因"乌台诗案"被捕入狱，经胞弟苏辙及一些大臣的营救，方免死罪。获释后被贬谪到黄州，名为团练副使，实则近于流放，生活艰难，行动也受到监视。在如此重大的打击面前，苏轼一方面感到沉重的苦闷，一方面又想从山水之乐及佛老思想中寻求精神解脱。写于元丰五年（1099）的《前赤壁赋》就反映了作者苦闷而寻求解脱的心理状态。"纵一苇之所如，凌万顷之茫然"，意即驾一叶小舟在旷远迷茫的宽阔水面上自由漂泊。"纵"为"放纵、听任"之义；"一苇"喻指苇叶似的小船；如，往也。谜底"放任自流"别解为"放任这叶小舟自由自在地漂流"，正与面合。

12. 佯羞不出来（生理名词）女性荷尔蒙

评析：邵滨军　赵首成

【注析】李白《越女词五首（之三）》云："耶溪采莲女，见客棹歌回。笑入荷花去，佯羞不出来。"耶溪，即若耶溪，在今浙江绍兴市南。棹歌，划船时所唱的歌。佯，假装。谜底之"荷尔蒙"别解为"被荷花遮盖住了"。

13. 古来征战几人回（股市用语）盘活存量

评析：邵滨军　赵首成

【注析】面见唐·王翰《凉州词二首》："葡萄美酒夜光杯，欲饮琵琶马上催。醉卧沙场君莫笑，古来征战几人回。""盘"本作"清点"解，入谜将其别解为"盘问"；"活存"别解为"活着的、生存的"；"量"作"人的数量"解。

14. 寒暑易节，始一反矣（成语）满载而归

评析：邵滨军　赵首成

【注析】面出自《山海经》中"愚公移山"篇，意为愚公挖山不止，只有季节更换的时候才回家一趟。谜底之"载"本为动词"装载"之意，谜中将其别解为名词"一年"之意。

15. 先生每日泪涕零（音乐家）冼星海

评析：邵滨军　赵首成

【注析】"先、生、每、日"四字直接入底，底之"冼、海"中两点水和三点水，皆"泪涕零"也。

16. 赢得仓皇北顾（电影）《胜利大逃亡》

评析：邵滨军　赵首成

【注析】“元嘉草草，封狼居胥，赢得仓皇北顾”，是宋代爱国词人辛弃疾《永遇乐·京口北固亭怀古》中的名句。他所感喟的是：南朝宋文帝刘义隆好大喜功，草率北伐，落得败北奔逃的结局。“赢得”本作“落得”用，但在谜中，还其“胜利”之本意；“北”为“败走、逃亡”之义。“仓皇”修饰“北顾”，渲染“大逃亡”的情景。

【点评】将一句人所熟知的宋词名句，做这样的谜面别解，只可能来源于谜家的思维。“赢得”在原词中便有反讽意。谜底电影《胜利大逃亡》，偏偏就是反映成功逃避纳粹迫害的史实。天造地设，妙手偶得!

（以上原载《百年谜品》，赵首成、邵滨军著，2004年世纪出版集团、上海古籍出版社出版）

17. 撤屏视之，一人、一桌、一椅、一扇、一抚尺如故（著名经济学家）张五常

评析：杨耀学

面出清代林嗣环《口技》，写的是一场精彩逼真的口技表演。以八尺屏障为隐身，只听其声，不见其人，以口齿唇舌喉鼻发声器官模拟各种声音，表演了一家四口人夜卧醒梦和火起后众人惶恐的两个场面。其惟妙惟肖到什么程度?竟使听客如身临火灾现场，“变色离席，两股战战，几欲先走”。文章的开头和结尾，两次写到“一人、一桌、一椅、一扇、一抚尺”，抚尺又叫“醒木”，是引起听众注意的木块。这样强调类似魔术表演者一上来先当众抖手巾，你看，空的，什么也没有，我就凭技艺。谜面所引为文章末句，演到高潮，戛然而止，“抚尺一下，群响毕绝”，撤去围幕看里边，一人、一桌、一椅、一扇、一抚尺，还和原来一样。谜作者用经济学家的名字“张五常”点出这个背景。“张”，打开看究竟，这是众视、审视。“五”，人、桌、椅、扇、尺，恰好五个“一”。“常”字极其精辟，有三意。一是呼应，“常”就是老样子，恢复如常，

如前，如初，如故；二是素描，“常”就是普通、平凡，毫无特殊之处，都是素常物件；三是反衬，以常托奇，益见其奇，器物常更显技艺奇。《菜根谭》云：“至人只是常。”本谜抓住了“常”，就得到了《口技》一文的精髓。《口技》选入中学语文课本时，课后习题是：为什么文章首尾都写到“一人、一桌、一椅、一扇、一抚尺”？这有什么意义？可见这是文章之文眼，张五常就是点睛。清代《虞初新志》的编者张潮曾赞曰：“绝世奇技，复得此奇文以传之。”我们不是也可以说“绝世奇文，复得此奇谜以广之”吗？

需要说明，本面之句选入课本时，“如故”被改为“而已”（文中还有其他删减），本谜作者以原文示人，引起人们重读并考证此文，增长知识，可见其渊博学识和严谨的治学态度。

18. 夕卧东床上，坦腹肚尽露（高校简称二）广外、复旦

评析：任建明

王羲之坦腹东床的典故出自南朝宋·刘义庆的《世说新语·雅量》：“闻来觅婿，咸自矜持。唯有一郎，在东床上坦腹卧，如不闻。”后因以“东床坦腹”称美女婿。

本谜有典化无典，实为方位、离合法。面题上句中“夕”明示，“卧东”取“卜”，“床上”得“广”；下句以“坦腹”为基础，应用衍消词“尽”消去“肚”字而得到“旦、复”。“夕”“卜”组成“外”，其余字素单用，则谜底“广外、复旦”拼装完备，跃然纸上。“露”字起到提示各个字素都显露出来。

纵观此谜，据典撰面，离合扣底，拆合有序，清晰到位，信手拈来，自成佳构，实为离合谜中的妙品。稍感不足的是，谜面各离析字素间缺少明示的抱合词组合谜底，好在两个高校的简称都很出名，也对组底没有大的影响。但瑕不掩瑜，本谜还不失为一则构思缜密、神妙的离合谜精品。

19. 夕卧东床上，坦腹肚尽露（高校简称二）广外、复旦

评析：孟凡祥

南朝宋·刘义庆的《世说新语·雅量》载："郗太傅在京口，遣门生与王丞相书，求女婿。丞相语郗信：'君往东厢，任意选之。'门生归，白郗曰：'王家诸郎，亦皆可嘉，闻来觅婿，咸自矜持。唯有一郎，在东床上坦腹卧，如不闻。'郗公曰：'正此好。'访之，乃是逸少，因嫁女与焉。"李白有诗曰："坦腹东床上，由来志气疏。"

谜面所说便是此典，但援典只是一种障眼法，此谜属于纯离合谜，是先有底，后谋面。运用了有典化无典的技法，其扣合不析典义，只是借典拆字。前句断句为"夕/卧东/床上"，夕字明企，"卧"之东边为卜，"床上"为广，组合为谜底：广外。"坦腹"二字中"肚"尽之后，余"复旦"，这样谜底和盘托出，浮出水面。整个谜面入谜后，简洁顺畅，离合清晰，宛如清水出芙蓉，天然去雕饰。此谜字字皆有着落，足见作者的艺术匠心。

在制谜中，注重细节，往往是成就佳谜的关键。猜想作者一定是先从"坦腹"二字中看出藏有"复旦"二字，再联想到广外，而灵感大发，撰五言诗句，布佳构巧谋。正是：佳谜本天成，妙手偶得之。

20. 无端散出一天愁（化工名词）释放空气

评析：杨耀学

面释义为："不知怎的，您散发出满天愁云。"这是作者对纵宇一郎（罗章龙）的善意询问。谜底"释放"，紧切"散出"，将自然物化作人事，丝丝入扣，颇合原诗意旨。"气"，作为一种精神状态，有较宽的含义，可扣"愤""怒""火""忧""愁""悲"等态时应在底，发探包容优势，使情志尽归。

"空"字在本谜之用，可有三解，由读者随意发挥。一曰，来之空，对应面上"无端"，好端端地为什么发愁？愁气来之根据不足，释放的是无原因的"空"的气，以致作者发出疑问。二曰，来至空，诗中"一天"不指时间，而指空间，漫天风雨皆是愁，天者空也，故而此气乃是充斥空中的气，释放到空中

的气。三曰，去之空。面句在原诗中，紧接的下句是："幸被东风吹万里"，幸亏被友谊的春风吹得无影无踪了。体现了革命同志之间互相关心，排忧解难的互助精神。春风一吹，"气"不复存在，全部成了"空的"，所释放的气最终乃"空"。这个"空"字，含有空灵、轻捷、玄妙、朦胧、神奇的意思，读者可根据自己的欣赏、理解能力，去填补这个"空白"。谜者，迷也，此谜可谓尽得法度。

21. 挥手从兹去（外国电影）《大篷车》

评析：杨耀学

毛泽东于1923年所作《贺新郎·别友》词，首句是"挥手从兹去"，它是由李白《送友人》诗"挥手自兹去"化裁而来。送君千里，终须一别，挥手告别，频频致意，寄托着无限深情，此意境虽美，却未被谜人所用。本谜舍去诗意内涵，将心机伏于"形"上，从"挥"字结构入手，匠心经营，面底分两次解析，"军"字是其引渡之桥。先作顿读，谜面顿为"挥/手从兹去"，意谓："挥"字之"手旁（扌）"从此离去，只剩一"军"。将这个"军"字推到谜底，谜底再作第二次离合，"军"字上半部之"冖"，看作"大篷"，罩于车上，颇为形象。面离之得"军"，底合之也得"军"。综合考察，"扌"与"冖"，都是"挥"的部件：一作文字表述，一以物件代之；一在面上离，一在底中合；一因离而生其巧，一因合而生其趣。此谜既摹物又绘形，意境美，技艺美；诗情画意，面底均雅，谜趣文理，尽在其中。

22. 大军纵横驰奔（刊物二）《旅游》《东西南北》

评析：黄育群

题文出自毛泽东《六言诗·给彭德怀同志》。1935年秋，红军长征途中攻关夺隘，浴血奋战，当到达陕北吴起镇时，敌人的五个骑兵团气势汹汹，袭击而来，彭德怀运筹帷幄，指挥若定，率领红军，深入敌阵，横扫千军如卷席，终于全歼来敌。毛泽东喜接捷报，吟成六言一首，电复彭德怀。全诗云："山高路远坑深，大军纵横驰奔。谁敢横刀立马？唯我彭大将军！"寥寥数语，勾勒出能征善战、威武勇敢的彭德怀元帅之高大形象，一读谜文，眼前如见我英勇红军冲锋陷阵，刀枪到处，如狂飙落地，飓风席卷，人影闪处，敌人头颅乱滚，人仰马翻。此谜之扣合手法，匠心独运，采取正面会意，力求字字有着落，表现出作者严谨制谜的艺术风格和驾驭语言文字的高超功力。谜中"旅"应指"军队"，以紧扣谜面之"大军"（《诗·雅·皇矣》有："爰整其旅"）；"纵"指"南北"之间，"横"指"东西"之间（《楚辞·七冻·沈江》云："不别横之与纵"）；"游"义同"奔走"，吻扣面句之"驰奔"。

此谜题句场面壮阔，音调激越，顿挫有力，笔飞墨动，纵横豪宕，独具异彩，扣合含蕴深刻，回环往复，浑然一体，照应缜密，亦见匠心，允称佳构。

23. 上疆场彼此弯弓月（体坛宿将）陈镜开

评析：王　辉

初看去，此谜似乎有点"不扣"，但经过仔细推研，就可以发现它有着与众不同的魅力——"陈"通"阵"，有"战场、征地"之意，在谜中用来响应"疆场"。"镜"在古文中是月亮的代称，单从唐代的几首诗中就可以看出。李白的《古朗月行》有诗句为"小时不识月，呼作白玉盘。又疑瑶台镜，飞在青云端。"还有"皎如飞镜临丹阙"（李白的《把酒问月》）、"月满镜轮圆"（骆宾王的《秋月》）等诗句，都用"镜"来代表月亮。这里，"月"与"镜"都是喻体，形容拉开的弓像月一样。"开"则由会意的方法得出，一目了然，不言自明。

谜底"陈镜开"（1935—2010），举重运动健将，国家级教练员，广东东莞人，1955年加入中南军区体工队，后入选国家队。1956年连续三次打破56公斤级挺举世界纪录，成为中国第一个打破世界纪录的运动员。1957年和1958年，他再破该项世界纪录。1959年在"莫斯科杯"国际举重个人冠军赛中，他首次打破60公斤级挺举世界纪录，此后在1961年、1963年、1964年3次打破这个项目的世界纪录。他多次受到各级表扬，1989年被评为中华人民共和国杰出运动员。

陈镜开战果辉煌，堪称举坛一杰，而此谜可称为谜中一绝。短短三字为底，得来却颇费周折，既有文字通假，又有事物借代，兼以会意之法。完成这条灯谜，若作者不通古典，不关当代，焉能成此佳构？谜作的扣合富有内蕴性，谜中说的是什么，一眼不能看出来，多加考虑才可得出。但屡思不能穷其微奥，愈思其味愈深，使读者大有品味的余地。

（注：以上四条评析原载于《毛泽东诗词灯谜鉴赏大辞典》，2014年长治市总工会、长治市职工灯谜协会编印，张松林编）

王栋臣灯谜大事年表

- 1979—1985年，在原南通县平潮中学求学期间经常参加原南通县刘桥文化站和南通市劳动人民文化宫的灯谜活动，并得到顾焕清、朱建铭等老师的指点，同时受到上海江更生、朱育珉合著的《灯谜万花筒》一书的影响，逐渐喜爱上灯谜这一中华优秀传统艺术；另外，还和同窗邵滨军等一起举办学校灯谜活动。
- 1986年4月18日—20日，代表南通市劳动人民文化宫代表队参加由常熟市民间文学工作者协会与《知识窗》杂志联合举办的“1986年春季全国灯谜邀请赛”，南通代表队（王栋臣、王万森、朱建铭）获得团体第一名，个人获最佳射手奖。
- 1986年6月，与朱建铭合编的油印谜刊《珠语集》第一期出刊，1988年5月出刊第二期。
- 1987年5月22日，主持南通河运学校在南通市劳动人民文化宫举办的“全国灯谜展览展猜”活动。
- 1987年10月20日—25日，与朱建铭、沈玉泉、王永钰组成南通市职工谜协代表队参加青岛“双星杯”全国灯谜邀请赛，南通代表队获市级团体第二名。
- 1988年5月，赴浙江上虞参加“华夏曹娥谜会”，获个人电控竞猜二等奖。
- 1988年9月24日，南通市青年灯谜研究会在市少年宫会议室举行成立大会，任副会长。
- 1989年4月22日—25日，赴福建石狮参加第二届“蚶江侨乡谜会”，获佳谜奖。
- 1989年10月11日—14日，与南通市青年谜研会一行十人赴上海浦东文化馆参加“红楼谜会”。

- 1990年9月，南通市青年灯谜研究会第二届理事会成立，续任副会长。
- 1991年5月1日，代表南通河运学校代表队参加市文化宫举办的“绞股蓝杯”南通市职工灯谜大奖赛，获团体二等奖。
- 1994年8月22日—24日，赴河北保定参加“中华灯谜学术委员会成立大会暨中华灯谜国手赛”，获“中华灯谜国手”称号。
- 1995年10月18日—20日，与朱建铭、秦向前等组成市文化宫职工谜协代表队赴镇江参加“江苏省第三届职工谜会（金东谜会）”，南通代表队获团体第一名，个人获最佳射手奖。
- 1995年11月6日—8日，参加上海浦东“广洋杯”海内外灯谜精英赛，获个人赛第二名。
- 1996年，参加中华灯谜学术委员会宣传部等举办的全国灯谜论文征文大赛，论文《灯谜的休闲时代到来了吗?》荣获唯一一等奖。
- 1997年2月，代表南通市职工谜协代表队参加福建漳州“第二届中华灯谜艺术节”，南通代表队获团体第六名。
- 2001年5月，代表南通市职工谜协代表队参加福建“石狮首届中华灯谜艺术节”，南通代表队获团体铜狮奖。
- 2002年5月11日，南通市职工灯谜协会第三届理事会成立，任副会长。
- 2002年8月25日，南通市首届雪馥灯谜文化节开幕，参与策划、筹备、组织工作，任艺术节专辑副主编。
- 2003年11月，代表南通队参加“石狮首届国际华人灯谜邀请赛暨第二届中华灯谜艺术节”，南通队获团体电控竞猜铜狮奖；论文《能探风雅无穷意，始是乾坤绝妙词》获“石狮灯谜之路”论坛唯一一等奖。
- 2005年7月20日，作为编委之一，应邀赴江苏宝应参加《中华灯谜教程》一书编审会，该书由中国文史出版社2006年1月出版。
- 2005年8月29日，与朱建铭共同主持南通市劳动人民文化宫第二十四届“濠滨夏夜”奥运知识问答暨体育灯谜抢猜晚会。
- 2005年9月，邵滨军、赵首成合著的谜学专著《百年谜品》由上海古籍出版社正式出版，作为80名海内外谜家之一，本人入编该书。
- 2005年10月16日，参加本市文峰千家惠超市举办的“迎中秋国庆灯谜大竞猜”，获个人二等奖。

- 2006年2月8日—14日，与秦向前、许宝华组成江苏代表队赴山西晋中参加“绵山杯”国际灯谜大赛，江苏代表队获团体铜奖，个人获最佳谜手奖。
- 2006年8月8日—11日，与周松林、朱建铭赴河南安阳参加“庆祝安阳殷墟申遗成功全国旅游灯谜大赛”，获论文二等奖。
- 2006年9月，论文《灯谜申报国家级非物质文化遗产的可行性研究》参加“2006宁夏·中华灯谜艺术高层论坛”，获优秀论文第二名。
- 2007年4月1日，南通文峰大世界与会友茶业有限公司等单位举办南通市首届灯谜文化节，与吴锦建、朱建铭三人同获最佳谜手奖。
- 2007年6月，《中华灯谜年鉴》（2005—2006）双年鉴出版，担任编委，该年鉴收录本人论文两篇。
- 2007年8月12日，在南通市劳动人民文化宫与周松林、朱建铭共同主持第二十七届“濠滨夏夜”灯谜抢猜晚会。
- 2007年10月19日，江苏谜人、江苏句容高级中学高级教师裔胜东来南通通州高级中学交流、考察，当晚，与朱建铭、秦向前前往拜会。
- 2008年2月5日，与顾焕清、朱建铭、杨建敏、秦向前、沈玉泉夫妇等会晤回乡省亲的南通籍学者邵滨军博士。
- 2008年2月19日—21日，与秦向前、杨建敏、沈玉泉、朱建铭应邀赴上海枫泾镇参加“上海首届灯谜艺术节·谜王争霸赛”。
- 2008年3月14日—17日，与杨建敏、朱建铭、秦向前组成江苏代表队应邀参加四川新津 “首届水城新津国际灯谜邀请赛”，江苏代表队获团体优胜奖。
- 2008年5月31日，与周松林、朱建铭、杨建敏、许宝华一行五人赴常熟与苏州、常熟谜友联谊交流。
- 2008年6月12日，上海金山谜友徐圣能随团来南通市旅游，与刘精耕、朱建铭陪同其游览濠河风景区。
- 2008年8月21日，在南通市劳动人民文化宫与朱建铭、周松林共同主持第二十八届“濠滨夏夜”奥运雄风灯谜抢猜晚会。
- 2008年8月，被南通市总工会、市文联命名为“南通市第四届职工明星艺术家”。同月23日，“南通市职工纪念改革开放30周年暨第四届职工明星艺术节命名仪式”在南通市环西文化广场举行，与谷芒、银毅、彭常青、冯亚东4人接受命名与颁奖。

- 2008年11月2日，应邀走进南通人民广播电台新闻综合频率“新闻下午茶”节目直播室，就灯谜艺术及如何走上从谜之路、从谜感想、愿望等话题与主持人丹青进行互动交流。
- 2008年12月14日，与南通市职工灯谜协会一行十人赴苏州市工人文化宫交流访问。
- 2009年2月7日—10日，与朱建铭、杨建敏组成江苏南通队，应邀赴湖南张家界市参加“湘银杯”第二届湖南灯谜节，南通队获团体电控赛第六名。
- 2009年2月22日，参加南通市职工灯谜协会举行的2009年新春茶话会。
- 2009年3月2日，作为应邀嘉宾主持南通人民广播电台新闻综合频率每周一晚8时—9时“濠河听吧”开设的猜谜节目。
- 2009年4月21日，与沈玉泉、朱建铭等会晤来南通访问的原中华灯谜学术委员会主任郑百川、副秘书长施奕盛等一行三人。
- 2009年4月27日，与沈玉泉、周松林、朱建铭等会晤来南通访问的中华灯谜学术委员会名誉主任、香港谜家刘雁云先生、副主任田鸿牛夫妇及宣传部长关德安夫妇一行五人。
- 2009年5月10日，由本市港闸区纪委等主办的“宏华杯廉政灯谜大家猜”活动揭晓并举办颁奖仪式，与朱建铭同获一等奖。
- 2009年5月17日，南通市职工灯谜协会第五届理事会成立大会暨第三届职工灯谜个人大赛在南通市劳动人民文化宫举行，当选为南通市职工灯谜协会第五届理事会副会长兼秘书长。
- 2009年5月28日—30日，与周松林等一行八人赴苏州胥口参加“首届胥口杯全国灯谜大赛暨第三届网络灯谜现场大赛”。
- 2009年8月1日，接待来南通市交流访问的上海市职工灯谜协会会长徐汉明一行十余人，在南通市劳动人民文化宫三厅进行联谊会猜。
- 2009年8月14日—16日，参加在江苏宝应翔宇教育集团扬州总校举办的“中华谜刊发展高层论坛暨《文虎摘锦》发刊百期庆典”活动并做专题发言。
- 2009年9月27日—30日，与杨建敏、沈玉泉、许宝华组成江苏代表队参加

“石狮第四届中华灯谜艺术节”，江苏代表队获团体优胜奖；与朱建铭合作撰写的《青山看不厌，流水趣何长——旅游专题灯谜活动初探》一文荣获“灯谜与创新论坛”二等奖。

- 2009年10月2日—3日，与周松林、朱建铭、祝雁冰共同组织、主持在南通市劳动人民文化宫广场举办的“祝福祖国——国庆中秋灯谜擂台竞猜”活动。
- 2009年12月9日，应南通唐闸中学东南风谜社邀请，与朱建铭到该校进行谜艺交流，并为该校学生举办灯谜抢猜会。
- 2009年12月17日，在南通唐闸中学举办的“环球杯”南通市第四届职工灯谜大赛中获第二名。
- 2010年2月16日，应邀赴上海南翔古漪园参与主持“古漪园新春灯谜会”。
- 2010年2月24日—26日，与周松林、朱建铭、杨建敏等一行五人赴上海枫泾镇参加上海第三届灯谜艺术节。
- 2010年2月28日，由南通市委宣传部、市文明办、市文化局、市广电局等主办的首届“全城闹元宵，万人猜灯谜”在环西文化广场举行，为该活动专题创作舞台灯谜，遴选广场灯谜，并与南通民俗专家杜友农在南通人民广播电台新闻频率现场直播出谜，讲解灯谜知识、介绍元宵民俗和南通市非遗保护情况。
- 2010年5月15日，与周松林、朱建铭等一行八人赴海安，参加南通、东台、海安三地谜人联谊会，受到江苏慧源文化传播有限公司董事长贲友兰女士及海安谜协的热情接待。
- 2010年6月13日—15日，与朱建铭、沈玉泉、王永钰、祝雁冰、秦向前等参加“第二届中国（常熟）江南文化节董浜·徐市灯谜艺术展”，与王永钰、朱建铭组成的南通代表队获“世博之旅”长三角灯谜邀请赛团体电控竞赛冠军。
- 2010年6月，《中华灯谜年鉴》（2007—2009）由中国文联出版社出版，本人论文入选“谜文”栏目，谜作入编《谜人代表作》。
- 2010年8月17日，与周松林、朱建铭共同主持在南通市劳动人民文化宫举办的“濠滨夏夜”灯谜抢猜晚会。
- 2010年10月2日，与丁玉玫夫妇等在能人居酒楼接待专程来南通的游子吟谜社成员、湖南籍旅美谜家聂大林先生。

- 2010年11月12日，策划主持“航院杯”南通市第六届职工（廉政）灯谜个人大赛电控竞赛决赛。
- 2010年11月27日，与杨建敏等会晤湖南吉运辉、上海郭海龙两位谜人。
- 2010年12月8日—12日，与沈玉泉、朱建铭应邀赴广东深圳参加“中国深圳新客家风采国际谜会”，获“中华灯谜传承与发展高峰论坛”优秀论文奖。
- 2011年1月27日，获第四届上海灯谜艺术节“全国网络灯谜精英赛”冠军。
- 2011年2月15日，第四届上海灯谜艺术节全国谜王枫泾巅峰赛在上海南京路世纪广场举行，应邀赴现场领奖，中国民间文艺家协会杨吉星先生为本人颁发“全国网络灯谜精英赛”冠军奖。
- 2011年2月16日，参加南通市劳动人民文化宫艺术团队新春大联欢活动并主持猜谜节目。
- 2011年2月16日—18日，参加由南通著名谜人顾焕清主持的聚香园食品连锁店大型“元宵灯谜会”活动并获二等奖。
- 2011年7月中旬，在西安拜会了西北著名谜家苏剑先生，受到苏剑先生热情款待，并获赠谜书及礼品。
- 2011年8月1日，2010年度报刊、网络灯谜双十佳于《信息春灯》揭晓，谜作“起点高，动手难，如何入门费思考（文学典故）推敲”入选“双十佳”。
- 2011年10月6日，福建石狮市灯谜协会会长苏荣灿先生由苏州来南通访问，7日中午在能人居酒楼会同周松林、杨建敏、朱建铭、祝雁冰、秦向前等与苏会长交流两市灯谜活动情况。
- 2012年2月3日—6日，与朱建铭、王永钰等参加上海市工人文化宫举办的“龙腾虎跃闹元宵——2012年全国职工灯谜大赛”，南通队获团体第二名，本人获个人精英赛第六名。
- 2012年2月19日，被南通市职工灯谜协会授予2011年度协会“最佳射手”称号。
- 2012年7月19日，与周松林、朱建铭共同主持在南通市劳动人民文化宫广场举办的第三十二届“濠滨夏夜”宫庆60周年灯谜抢猜晚会。

- 2012年11月3日—4日，与周松林、杨建敏、吴锦建等组成南通市职工谜协代表队参加上海浦东新区文化影视局等主办、浦东花木街道办事处承办的“第十四届上海国际艺术节‘浦东花木杯’长三角地区灯谜邀请赛”，南通代表队获团体银奖，本人获命题创作佳谜奖。
- 2012年11月29日—12月2日，与如皋丁玉玫、江阴李军组成江苏代表队参加在广东深圳举办的“居佳杯”首届灯谜文化节。
- 2012年12月3日，《江海晚报》发表该报资深记者王全立采访本人与朱建铭等撰写的《南通灯谜期待“非遗”保护》一文，全文2 400余字。
- 2012年12月3日—10日，随首届“大陆谜人参访团”一行40余人赴港台地区参观访问并与当地谜人进行谜艺交流。
- 2012年 12月 16日，接待来访的南京嘉泰文化交流有限公司邓小文先生，并就传播灯谜文化等话题进行了交流。
- 2013年2月8日，由中共南通市委宣传部主管、南通日报社、南通市文联主办的江苏一级期刊《三角洲》2013年第二期出版，该期“角色”一栏刊登了南通航运职业技术学院党委书记袁卫国撰写的《王栋臣的灯谜情结》一文，全文4 000余字，详细介绍了本人近30年的从谜经历。
- 2013年2月23日，南通电视台新闻综合频道“城市日历”报道了本人三十载爱谜经历和文化宫元宵灯谜会概况。
- 2013年4月24日，在南通航院图书馆主持举办“中华灯谜艺术讲座”。
- 2013年5月15日，策划主持“航院杯”南通市第七届廉政灯谜大赛。
- 2013年5月24日，与周松林、朱建铭、杨建敏一行四人应邀赴如皋白蒲镇勇敢小学举办灯谜讲座和有奖竞猜活动。
- 2013年6月9日—12日，与周松林等一行六人应邀参加了在常熟举行的“第五届中国江南文化节第二届董浜·徐市灯谜大世界”活动，与丁玉玫、朱建铭组成的南通代表队获“长三角地区灯谜团体赛” 冠军。
- 2013年7月9日，南通市“崇川区第二届职工文化节·灯谜团体赛”在城东街道办事处会议室举行，与朱建铭、吴锦建等三人拟题并担任评委。
- 2013年9月27日，第39期《南通周刊》“发现·南通文化篇”栏目发表记者陆远采访本人和市非遗办公室有关人员撰写的《“打虎名城”再向虎山行》一文。

- 2013年10月13日，南通市职工灯谜协会组织登高秋游活动，下午在本人金水湾新居举行“王栋臣乔迁新居谜会”，中午设席两桌招待与会人员。
- 2013年11月9日—10日，与朱建铭、丁玉玫等组成南通代表队应邀参加“2013年中国吴江莺湖文化旅游节首届‘平望’中华灯谜邀请赛”，南通代表队获“长三角地区灯谜团体精英赛”金奖，本人灯谜作品“牵手盟誓来成亲（平望社区名）新诚”获平望专题灯谜创作赛三等奖。
- 2014年2月11日，南通电视台“总而言之”栏目以“高手出灯谜，每天大家猜”为标题介绍本人的从谜经历，并分五天公布20条本人原创灯谜供电视观众猜射。2月13日，该栏目再次以“猜灯谜，有诀窍”为标题由本人向电视观众解说猜谜技巧。
- 2014年2月14日，上午9—11时，应邀走进南通广播电视台广播中心，与听众互动，详说灯谜历史，讲授猜谜方法，并在当天下午作为嘉宾出席在环西文化广场举行的南通市第五届“万人猜灯谜　全城闹元宵”启动仪式。
- 2014年2月15日，主持由南通市总工会宣教部、南通市劳动人民文化宫、南通市职工文体协会等主办，南通市职工灯谜协会承办的“中海碧林湾杯”新春职工灯谜比赛。
- 2014年2月23日，参加在南通市劳动人民文化宫三楼会议室举行的“甲午年新春南通市职工灯谜协会联谊会”。
- 2014年4月，南通市文化广电新闻出版局命名本人为“南通市非物质文化遗产南通灯谜代表性传承人”。
- 2014年4月26日，与杨建敏等在如皋会晤苏州著名谜家邱景衡、沈人安一行。
- 2014年7月14日，在广州会见广东著名谜人陈继耿、陈见生。
- 2014年7月19日，在“华清谜会群”主播网络抢猜活动。
- 2014年8月17日，在昆明会见“云南谜王”王世全，与其进行谜事交流。
- 2014年11月10日出版的《谜也者》在“文虎书林”板块刊登了由本人主笔的《中国图书馆分类法中灯谜类图书归类明细表》；同月被聘为“中华灯谜图书馆顾问”。
- 2014年11月11日，与周松林、顾焕清、朱建铭、钱舜华赴如皋城管局作为“全国城管专题灯谜创作赛”评委进行佳谜评选工作。

- 2014年12月20日，赴昆明参加云南卫视“中国灯谜大会”（第二季）第一场的录制。
- 2014年12月31日，云南卫视“中国灯谜大会”首次出现南通谜人身影，本人以“中华灯谜国手”身份亮相于全国电视观众面前。
- 2015年2月22日，南通电视台“城市日历”栏目专题介绍朱建铭与本人制灯谜、讲灯谜，传承文化延续年味儿的故事。
- 2015年2月27日，《南通周刊》举办“羊年新春灯谜有奖竞猜”活动，与朱建铭共同担任谜题策划。
- 2015年3月3日，与朱建铭应邀到南通市老年活动中心主持猜谜活动。
- 2015年3月4日，作为嘉宾出席我们的节日——南通市第六届“万人猜灯谜，全城闹元宵”活动启动仪式。
- 2015年3月5日，主持港闸区机关元宵大型猜谜活动。
- 2015年3月21日—22日，与南通市总工会宣教部部长杜正芳、文化宫主任姜康应邀出席在河北保定市召开的“中国职工灯谜协会成立大会”，本人任中国职工灯谜协会首届理事会理事。
- 2015年4月26日，与周松林、杨建敏、祝雁冰、朱建铭一行赴上海市工人文化宫参加“海上谜谭”第106期雅集。
- 2015年5月9日，主持“南通市职工谜协成立三十周年座谈会暨《濠滨谜苑》活页谜刊创刊十周年纪念特刊首发式”，并任该刊副主编。
- 2015年5月13日，主持南通航院“节水灯谜有奖竞猜”活动。
- 2015年5月16日，与杨建敏、祝雁冰、施毅赴张家港金港镇参加江浙沪谜友雅集活动。
- 2015年9月19日—23日，与朱建铭、杨建敏、丁玉玫、陈昌年、沈玉泉、韩新等参加在陕西华山举办的第二届“中华灯谜文化节・华山国际谜会”。
- 2015年10月31日—11月2日，与朱建铭、丁玉玫、杨建敏等应邀参加第三届“平望杯”中华灯谜邀请赛。
- 2015年11月4日—5日，“朱建铭、王栋臣灯谜藏书展暨原创灯谜展猜”在南通航院举行。
- 2016年2月21日，主持南通市第七届“万人猜灯谜，全城闹元宵”开发区分会场灯谜活动。

- 2016年10月18日，在“怡林隐悦斋”网络群主播谜会。
- 2016年11月14日，主持南通航院“航院是我家”大型灯谜抢猜会。
- 2016年11月23日，主持南通航院“算好廉政账”活动总结大会猜灯谜活动。
- 2017年3月5日，主持南通市职工灯谜协会新春联谊会。
- 2017年3月11—12日，与朱建铭、杨建敏、丁玉玫等组成南通代表队赴张家港金港镇参加“2017年中国·张家港香山梅花节——长三角城市灯谜团体邀请赛”获得季军。
- 2017年3月13日，与朱建铭、杨建敏应邀到如皋市白蒲镇勇敢小学为全校学生举办灯谜讲座，并为该校授“南通市职工灯谜协会灯谜传承学校”铜牌。
- 2017年4月21日—23日，与朱建铭、陈建平应邀赴河北保定参加由中国职工灯谜协会主办的“长天药业杯”全国职工灯谜大会。
- 2017年4月24日，主持南通航院“《红楼梦》专题灯谜抢猜会”。
- 2017年5月21日，南通市职工灯谜协会第七届理事会成立，本人当选为常务副会长。
- 2017年5月27日—29日，与朱建铭应邀赴浙江温州翔宇中学参加第四届“中华灯谜文化节暨首届华人中学生灯谜大会”，并出席翔宇中华灯谜馆开馆仪式。
- 2017年7月7日，在河北拜会原河北省职工灯谜学会理事长张家宽先生及秦皇岛谜界朋友。
- 2017年7月9日，出席港闸区“每文杯”全国兰花灯谜创作赛启动仪式。
- 2017年8月3日，应邀在如皋长青岛为“点金夏令营”的50多名小学生开设“灯谜猜射与赏析”讲座。
- 2017年8月25日—27日，与朱建铭、周松林、丁玉玫组队参加了由合肥市总工会与中华灯谜学术委员会主办的“合肥工会杯”长三角地区职工灯谜大赛，本人获“十佳射手奖”，灯谜作品“夕卧东床上，坦腹肚尽露（高校简称二）广外、复旦”获“十佳谜作奖”。
- 2017年9月22日—24日，与丁玉玫、陈建平组队参加“2017中国（常熟）江南文化节暨第三届董浜·徐市灯谜大世界”。
- 2017年10月8日，南通市非遗研究会南通灯谜学会在南通市崇川美术馆成立，本人当选为南通灯谜学会会长。

- 2017年10月13日，在苏州拜会了著名书法家、谜家、南通灯谜学会特邀顾问费之雄先生，并喜获“紫琅虎威”书法作品一幅。
- 2017年10月13日—15日，应邀与陈建平、王永钰组成南通代表队参加第五届“平望杯”中华灯谜邀请赛，南通队在团体冠军赛中荣获铜奖，本人灯谜作品“若求占山为王，天下必伐其乱（四字新电影）《仙球大战》”获自由创作赛优秀奖。
- 2018年1月13日—14日，应邀参加福建诏安首届“咏梅杯”全国灯谜大会，灯谜作品“依然关注当前半岛局势（四字热播专题片）《还看今朝》”获自荐佳谜奖。
- 2018年2月16日—20日，在南通市非遗工坊主持“南通灯谜”新春灯谜展猜活动。
- 2018年春节期间策划“首届南通灯谜大会”活动，并担任谜题统筹，与朱建铭共同担任评委。该活动由南通市文广新局、南通广播电视台主办，2月24日举行笔试预赛，25日在电视台演播大厅举行半决赛和决赛。首届“南通灯谜大会”的决赛录像由南通广播电视台新闻综合频道（南通一套）于3月4日晚9：00播出。
- 2018年3月1日，为南通市第九届“万人猜灯谜，全城闹元宵”提供主会场及6路环城公交车灯谜谜题，并与杨建敏作为嘉宾出席在环西文化广场举行的启动仪式。
- 2018年3月12日，应邀出席在扬州举办的“谜也者丛书”恳谈会暨《竹西后社灯谜集注》首发式。
- 2018年3月13日，主持在南通航运学院举办的“交通强省，巾帼助力”——江苏省交通运输厅机关女干部“十九大”灯谜有奖竞猜活动。
- 2018年春节、元宵期间，在市图书馆、港闸区政府机关、市检察院、市电台新闻频道、市中南城等主持猜谜活动。
- 2018年4月9日—11日，应邀赴广西桂林参加“唐景崧同胞三翰林”灯谜研讨会。
- 2018年4月24日，主持南通航运学院世界读书日《读名著，猜灯谜》之《水浒传》专题灯谜抢猜会。

- 2018年4月30日，与杨建敏、朱建铭等会晤来如皋省亲的深圳著名谜人熊辉先生。
- 2018年5月9日，策划主持“航院杯”南通市第八届廉政灯谜大赛活动。
- 2018年5月10日，应邀主持南通市田家炳中学“5·10思廉日”廉政灯谜竞猜活动。
- 2018年5月19日—21日，应邀赴沈阳参加第六届东北谜会，20日拜会了黑龙江省著名谜家、中华灯谜学术委员会顾问、央视“中国谜语大会”点评嘉宾姜文清先生。
- 2018年6月，灯谜作品“夕卧东床上，坦腹肚尽露（高校简称二）广外、复旦”获中华灯谜“金虎奖”2017年度十佳谜作奖。
- 2018年6月3日，在海安江苏慧源集团“泛书房”参加南通与海安谜友雅集沙龙活动。
- 2018年6月21日上午，在广西灌阳县参加南通航院、南通市非遗研究会与中共灌阳县委宣传部“文化与教育合作”签约仪式；同日，被中共广西灌阳县委宣传部聘为灌阳县灯谜文化与研究开发总顾问。同日下午，为灌阳县第二高级中学学生举办灯谜知识讲座。
- 2018年9月，被宁通高速公路管理处聘为灯谜文化特邀顾问。
- 2018年9月1日，应邀赴无锡参加《无锡谜韵》一书首发式。
- 2018年9月7日，在广西灌阳县红旗中学，为该校师生举办灯谜挂猜活动。
- 2018年9月14日，应邀为宁通高速公路管理处作“赏灯猜谜”讲座，并主持大型灯谜抢猜会。
- 2018年10月17日，主持南通航运学院文献信息宣传月“读名著，猜灯谜”之《西游记》专题灯谜抢猜会。
- 2018年11月2日—4日，应邀参加“第四范式杯”上海庆祝改革开放四十周年全国灯谜大赛。
- 2018年11月16日—17日，应邀参加“平望杯”中华灯谜邀请赛。
- 2018年11月20日，在南通航院图文信息大楼大厅主持“南通航院杯”海内外航海灯谜大展猜活动。
- 2019年1月1日，策划主持的庆祝改革开放四十周年“首届港闸灯谜文化艺术节”在港闸文体中心开幕，同日举办了“港闸杯”南通市首届谜王擂台赛。

- 2019年1月16日，江苏航运职业技术学院“航海灯谜传习中心”和“王栋臣灯谜工作室”揭牌。
- 2019年2月15日，应邀为宁通高速公路管理处策划主持新春灯谜会。
- 2019年2月16日，应邀出席海安市第七届“慧源杯”谜王争霸赛。
- 2019年2月19日，上午主持“丝乡丝绸”南通旗舰店元宵灯谜会，中午主持港闸区“金猪抱福闹元宵”灯谜会，下午出席南通市第十届“万人猜灯谜，全城闹元宵”活动、主持港闸区陈桥街道元宵灯谜竞猜活动，晚上主持“中南城元宵灯谜会”。
- 2019年3月13日，策划举办“桂林银行杯”唐景崧中华灯谜擂台赛，该活动在位于广西灌阳县新街镇江口村的清代著名谜家唐景崧故居举行，与文崇礼、黄俊文共同担任评委。
- 2019年3月14日—15日，与朱建铭、陈建平组成南通代表队参加“2019年中国·张家港第四届香山梅花节中华灯谜团体邀请赛”，南通队获团体银奖。
- 2019年4月，主持的“灯谜和图书馆阅读推广融合”案例获江苏省“高校图书馆阅读推广优秀案例”二等奖。
- 2019年4月23日，主持江苏航运职业技术学院第24个世界读书日活动之一的“读唐诗，猜灯谜”专题活动。
- 2019年5月9日，主持江苏航运学院“5·10思廉日”廉政灯谜有奖竞猜活动。
- 2019年6月28日—29日，与朱建铭、陈建平应邀参加2019年龙海市第二届“双第杯”灯谜文化节。
- 2019年7月10日，与祝雁冰在“宁波·中国航海日‘2019年中国国际海员论坛’”主持“江苏航运学院杯”海内外航海灯谜大展猜活动。
- 2019年8月18日，主持在江苏航运学院举行的“366教育杯”互联网谜语大赛南通赛区半决赛活动。
- 2019年9月1日，出席在苏州召开的《中国民间文学大系·谜语·江苏卷》编撰会议。
- 2019年9月4日—9日，应邀参加在宁夏固原、银川举办的第四届西北谜会并获佳谜奖。

- 2019年9月15日，策划主持江苏省五星级寺庙——福田禅寺“辉煌七十年，灯谜颂中华”大型灯谜展猜会。
- 2019年9月22日，应邀担任苏州市吴中区木渎镇人民政府等主办的“壮丽七十年，奋斗新时代”2019年木渎首届灯谜艺术节灯谜总决赛主持人。
- 2019年9月25日，主持江苏航运学院“辉煌七十年，文虎颂中华”灯谜展猜会。
- 2019年9月27日，江苏省交通运输行业职工文体活动品牌评选在昆山宾馆举行，本人代表江苏航运学院作“国粹灯谜，魅力非遗”文化品牌项目介绍。2020年3月，“国粹灯谜，魅力非遗”获江苏省交通运输行业职工文体品牌称号。
- 2019年10月4日—5日，参加庆祝中华人民共和国成立七十周年上海“南翔杯”长三角地区灯谜邀请赛。
- 2019年11月10日，江苏省民间文艺家协会灯谜学术委员会在江苏航运职业技术学院举行成立仪式，参与会议筹备组织工作。武骝受聘为主任，本人与朱墨兮、吴建伟、陈雷、项行受聘为副主任。

附录

王栋臣的灯谜情结

袁卫国

19岁第一次参加全国大赛即进入八强，28岁获得“国手”称号，20多次代表省市在全国或国际大赛上获奖。因为钟爱一门艺术，他不是运动员，但屡屡在竞技场上拼搏扬威；他不是作家，但几乎每天都有新的作品传播四海；他不是科学家，但他的研究范围几乎涉猎社会的各个领域，研究论文屡获大奖；他从业高等教育，但他的影响却远不限于其专业、单位乃至行业范畴。他的名字叫王栋臣，他钟爱的那门艺术叫“灯谜”。

1979年，小学毕业的王栋臣以全村第一的成绩考入了当地的名校——平潮中学，怀着对知识的渴求，放学后他常常背着书包来到镇文化站和新华书店看书。当时，一本名叫《灯谜万花筒》的灯谜普及读物深深地吸引了他的眼球，林林总总的灯谜、谜格以及灯谜典故等让他心驰神往。20世纪80年代初，全国各地文化场所的文艺活动异彩纷呈，灯谜活动更因其具有的知识性、趣味性、娱乐性深受人民群众的喜爱。当年，在江海大地上，有两处具有代表性的举办灯谜活动的场所——原南通县（现南通市通州区）刘桥文化站和南通市劳动人民文化宫，王栋臣就是从这两处文化场所起步，开始步入谜坛，并走向全国。

作为通州区西北部的一个小镇，刘桥自古人文荟萃，其灯谜活动源远流长。尤其从20世纪80年代以来，当代著名谜家顾焕清先生在刘桥文化站主持工作，灯谜活动得到空前的繁荣。2001年，刘桥镇被江苏省文化厅命名为灯谜、楹联“民间艺术之乡”。同样，在南通市区，有一座建于1952年，由陈毅同志亲自题写宫名的南通市劳动人民文化宫，六十多年来，其灯谜活动更是搞得轰轰烈烈，卓有成效。

王栋臣的家乡通州平潮镇北接刘桥镇，南依南通市，每逢节假日，中学时代的他经常骑着自行车奔波于刘桥和南通之间，饿了，咬几片馒头干，渴了，喝几口白开水，只要哪里有灯谜活动，几十千米的路程，他总会风雨无阻，这一切，都源于他对灯谜艺术的热爱。

灯谜，古称隐语、廋词、谜语、文虎，在我国已有两千多年的历史，它是独立于诗、词、曲、散文、杂剧、对联之外的又一种文学样式，是中华文化的瑰宝。灯谜是运用汉字的一词多义，一义多词，笔画部首的象形离合，音、形、义的变化等特点，令谜底或谜面的某些或全部文字产生别解，从而使谜面和谜底之间达到相互扣合的一种文字游戏。其中最关键的，也是最基本的就是“文义别解”。所谓“别解”，即有别于词语本义的解释。正是由于“别解”，原本风马牛不相及的某些词语、事物、名称才吻合在一起，产生出一种独特的、耐人寻味的妙趣。

例如“自己”猜一字，谜底不是“我”，不是“吾” “俺”“咱”而是“体”，“体”拆成“本人”和谜面扣合。再如“清明前一日”猜一节令，谜底不能猜作“寒食节”，而要猜作“元旦”。谜面分两段，前三字“清明前”别解为“清、明”两个朝代之前，从而推断出“元”（作“元朝”解），后二字“一日”拼合成“旦”字，因此谜底是“元旦”。

可以说，没有汉文字就不存在灯谜。灯谜是我国人民智慧的结晶，是语言思辨的一种巧妙形式，也是民族性、群众性、趣味性很强的娱乐项目。目前，灯谜作为一种无可替代的文学样式已得到世人的认可，古往今来，天南海北，男女老少，上至文人学士、达官贵人，下至村夫野老、愚妇顽童，灯谜爱好者无处不在。

猜灯谜作为一项寓教于乐的文娱活动，它既可启发人们的想象力，开发智力，又能增长知识，丰富文化生活，因而备受社会各界人士的欢迎。

灯谜的知识性、趣味性、娱乐性正是吸引王栋臣乐此不疲的魅力所在。

1986年4月18日—20日，江南历史名城常熟迎来了来自上海、南京等国内

16个大中城市的谜坛劲旅，由常熟市民间文艺家协会与江西《知识窗》杂志社联合举办的“1986年春季全国灯谜邀请赛”在这里举行，当时19岁，还在南通河运学校（南通航运职业技术学院前身）读书的王栋臣即代表南通市劳动人民文化宫代表队披挂上阵，与其他队友一起，弯弓射虎，经过激烈角逐，南通队获得团体冠军，王栋臣个人进入全国八强行列。

初次参赛即崭露头角，从此，更坚定了王栋臣对灯谜艺术的不断追求。

1994年8月的河北保定见证了国内谜坛两大盛事，其一是全国灯谜最高组织——中华灯谜学术委员会成立，其二是“中华灯谜国手”诞生。早在5月份，灯谜国手赛报名与资格预审工作已在全国各地展开，其中一项预选条件就是报名选手必须获得省级灯谜大赛第二名以上的成绩。经过层层选拔，王栋臣和我市（南通市）朱建铭双双获得参赛资格。8月的保定，白天鹅宾馆里荟萃了来自全国灯谜界的各路精英，这次的灯谜国手赛不同于以往的各种灯谜比赛，以往的灯谜比赛一般以灯谜猜射、灯谜创作为主，而本次国手赛则全面考核参赛选手的综合素质，除灯谜猜射、灯谜创作外，还有灯谜知识问答、灯谜论文写作等，比赛中，王栋臣凭借其深厚的猜谜功底、丰富的灯谜知识和高超的写作水平，一举获得“中华灯谜国手”称号。

从“灯谜国手赛”参赛回来，王栋臣对中华灯谜的历史、现状及未来有了更多的思考。

1995年前后，国内谜坛刮起一股“休闲”之风，一些谜人认为，灯谜只是雕虫小技，是人们茶余饭后的一种休闲小品，难登大雅之堂，灯谜比赛的火药味太浓，要淡化比赛，云云。针对这种议论，王栋臣引经据典，从灯谜的历史起源，灯谜在历代政治、外交、军事、生活中所起的作用等多角度进行探讨，他认为，几千年来，灯谜艺术经历了从民间到宫廷，再从宫廷回到民间的发展轨迹。在世界文化发展史上，能够像灯谜之于汉民族那样相依相伴、相得益彰的艺术形式屈指可数。但是人们对灯谜艺术的文化认同大多还停留在一个较低的层次上面，“雕虫小技”仍然是许多人对灯谜的艺术定位，民间包括许多灯谜专家对于灯谜艺术的整体性和历史连续性缺乏必要的认识，使得灯谜难以真正地登上大雅之堂，因此，任何一个有历史责任感的谜人，都不能局限于灯谜的小打小闹，不能把灯谜仅仅看作是一个简单的休闲活动，而要立足灯谜传承与发展的高度审视灯谜，并为之奋斗。基于这种思想，王栋臣撰写了《灯谜的休闲时代到来了吗?》一文，该文一出，立即引起海内外谜坛的轰动，并引发了一场“灯谜的休闲时代是否到来了”的大讨论，该文同时荣登由中华灯谜学术委员会宣传部等举办的全国谜论征文唯一一等奖。

在采访王栋臣时，当问及他对灯谜艺术的前景时，他不无担忧地说：“灯谜作为中华民族的一项优秀的文化艺术，虽然几千年来深受人们的喜爱，但是最近几年来，随着娱乐文化活动的多样性，特别是各种快餐文化的冲击，灯谜的生存空间正逐步受到挤压，而正规意义上的一些中国古典文化被逐渐代替，都有了淡出人们视野的痕迹，我们应该如何对待老祖宗留下来的这门艺术？究竟是在文化快餐中覆灭，还是继续发扬?”王栋臣义无反顾地选择了后者。

为了传承发扬灯谜艺术，王栋臣依然将培养灯谜新人作为己任。20世纪90年代初，王栋臣就在其任职的南通河运学校中开设灯谜第二课堂，普及灯谜知识，同时在南通卫生学校、南通市陈桥中学、唐闸中学、南通市图书馆开设灯谜讲座，通过讲座，培养了一大批灯谜新人。如今，他们有的已经成为当代谜坛的生力军，有的成了各地灯谜组织的领导者。

为了普及灯谜知识，王栋臣和他的同好们以南通市职工灯谜协会为阵地，坚持文化宫的“濠滨夏夜”灯谜猜射活动，二十多年来从未间断。

为了普及灯谜知识，王栋臣坚持每周一次，连续数年义务主持南通人民广播电台新闻综合频道每周一的“濠河听吧”猜谜节目，该节目一度成为出租车司机的最爱。

为了普及灯谜知识，王栋臣立足南通，面向全国，策划组织开展了许多群众喜闻乐见的灯谜活动，如“南通国美杯”首届灯谜艺术节、首届“雪馥灯谜文化艺术节”“航院杯”南通市廉政灯谜大赛等。

“灯谜要传承，必须普及；灯谜要发展，必须提高”，在问及灯谜传承与发展的关系时，王栋臣给出这样的回答。“普及与提高，就像一个人的两条腿，一条都不能短”，为了系统研究灯谜的艺术价值，提升灯谜的文化品位，王栋臣旁征博引，写出了颇有见地的灯谜学术论文。王栋臣现担任《中华灯谜年鉴》编委，除了参编了《中华灯谜教程》等专著外，其撰写的灯谜学术论文多次获奖，有的还入选《中华灯谜年鉴》等典籍，继1996年《灯谜的休闲时代到来了吗?》一文荣登全国谜论征文榜首以后，2003年撰写的《能探风雅无穷意，始是乾坤绝妙词——“石狮灯谜现象”的研究与思考》一文荣获石狮第二届中华灯谜艺术节唯一一等奖，并由此引发了全国谜坛对部分城市“灯谜现象”的研究；2006年撰写的《“六书”理论与灯谜成谜法门关系探究——兼评〈评注灯虎辨类〉的六书观》一文荣获“庆祝殷墟申遗成功全国旅游灯谜大赛”优秀论文二等奖；2006年撰写的《灯谜申报国家级非物质文化遗产的可行性研究》荣获“2006年宁夏中华灯谜艺术高层论坛”优秀论文二等奖，该文于2007年成为中国民间文艺家协会将灯谜申报国家级非物质文化遗产的理论依据；2009年撰写的《青山看不厌，文虎趣无穷——旅游专题灯谜活动初探》一文荣获福建省石狮第四届中华灯谜艺术节“灯谜与创新征文比赛”二等奖。

在积极笔耕进行灯谜学术研究的同时，王栋臣数十年如一日坚持灯谜作品的创作。他认为，灯谜虽为“缩微艺术”，但其固有的含蓄深沉、唯美是举、微言大义的特点，赋予了一门缩微艺术所特有的风度、气质和情趣。灯谜既可将中国文字的形、音、义表现得淋漓尽致，又可以将历史长河中的波澜壮阔浓缩于灯谜作品的字里行间。所以，谜中有诗、谜中有史。

二十多年来，王栋臣共创作灯谜数千条，部分在海内外媒体、报刊公开发表，其灯谜艺术追求典雅、自然、趣味。1991年，在《全国灯谜信息》杂志社主办的海内外灯谜创作大赛上，王栋臣的灯谜作品“是口尚乳臭，不能当韩信（打港台歌星）童安格”获得“优秀灯谜奖”；1992年在福建三明市举办的“明珠杯”全国灯谜有奖创作赛上，其灯谜作品“卓然独超绝（国产影片名）《傲蕾·一兰》”获得“最佳谜作奖”；2001年参加石狮“首届中华灯谜艺术节”，其灯谜作品“齐宣王好使人吹竽，必三百人（文艺团体）爱乐乐团”获“自由创作佳谜奖”；2006年参加安阳“庆祝殷墟申遗成功全国旅游灯谜大赛”，其灯谜作品“千古文章载龟甲（常用语）死记硬背”获“殷墟专题灯谜创作佳谜奖”等。

2004年，一本涵盖中华灯谜艺术发展全盛阶段，展示清末、民国和当代海内外谜学名家风采、反映灯谜艺术创作最高成就的谜学专著《百年谜品》由上海古籍出版社出版发行。《百年谜品》精心选取80位生活于20世纪各个时期、不同地域的代表性谜家作为品评对象，王栋臣作为南通市唯一的一位谜家被收录其正编部分。作为一部系统反映灯谜百年全貌和灯谜精华的谜学专著，《百年谜品》对王栋臣灯谜作品的评价是：他的谜作常巧谋谜面，激活底材，智设机关，融汇史实。观其谜作，如吟诗作，如读经史。

耕耘灯谜二十多年来，王栋臣取得了卓越的成绩，海内外多家媒体报道过其灯谜事迹，《新时期灯谜佳作集》《中华谜典》《现代灯谜精品集》《古今优秀灯谜鉴赏辞典》《历代灯谜赏析》《中国当代灯谜艺术家大辞典》《百年谜品》《中华灯谜年鉴》等典籍以及漳州中华灯谜艺术馆收录其灯谜简历及代表作，2008年他被南通市总工会和南通市文学艺术界联合会授予“南通市第四届职工明星艺术家”称号。

钟爱灯谜的人们把灯谜之路称作“谜途”。谜途风光无限，谜途也充满艰辛，王栋臣作为一位不畏艰辛的跋涉者，在享受谜途美丽风景的同时，自己也成了谜途中的一道亮丽风景……

（原载于2013年2月《三角洲》杂志第241期，作者为江苏航运职业技术学院党委书记）

《百年谜品》王栋臣简介

王栋臣（1967—），江苏南通人，先后毕业于南通河运学校和北京大学信息管理系，文学学士，副研究馆员，现供职于高等教育领域。王栋臣少时家贫，但家乡崇文尚学的民风让他在少年时代便能遍读古典名著。读高中时他喜爱上灯谜艺术，常与同学一道，骑车十余公里专程赶到享有“灯谜之乡”美誉的刘桥古镇猜射灯谜，得到著名谜家顾焕清的指点。考上大学后，与年长他十岁的南通谜家朱建铭一道，合编谜刊、主持谜会、参加谜赛。十多年间，南通的“朱王组合”（朱建铭、王栋臣）与绍兴的“章沈组合”（章镳、沈新）在灯谜竞猜活动中所向披靡，被谜界称为“黄金搭档”。王栋臣认为，灯谜虽为“缩微艺术”，但魅力独具。一条灯谜既可将中国文字的形、音、义表现得淋漓尽致，又可以将历史长河中的波澜壮阔浓缩于灯谜作品的字里行间。所以，谜中有诗、谜中有史。基于这样的理解，他的谜作常巧谋谜面，激活底材，智设机关，融汇史实。观其谜作，如吟诗作，如读经史。王栋臣亦擅长谜论，他对灯谜如何走向大众，避免孤芳自赏、一味休闲，有精到之论。

（《百年谜品》，世纪出版集团、上海古籍出版社2004年出版）

《中华灯谜年鉴（2013—2015三年鉴）》王栋臣传略

王栋臣，1967年生，江苏南通人，副研究馆员，现为南通航运职业技术学院图书馆副馆长，业余担任中国职工灯谜协会理事，南通市职工灯谜协会副会长兼秘书长等。

20世纪80年代初开始喜爱灯谜，学生时代就代表南通市职工谜协参加1986年常熟“春季全国灯谜邀请赛”获得团体第一名及最佳射手奖，30年来先后参加海内外各种灯谜比赛，获奖无数。创作灯谜数千条，部分在海内外媒体公开发表，并获得各种创作奖项。立足南通，面向群众，策划组织开展了许多群众灯谜活动，如“南通国美杯”首届灯谜艺术节、首届“雪馥灯谜文化艺术节”、南通电台“周末猜谜”活动及南通每年的“濠滨夏夜”灯谜专场等。开设灯谜第二课堂，普及灯谜知识，开设灯谜讲座，通过讲座，培养灯谜新人。其撰写的灯谜学术论文多次获奖，有的还入选《中华灯谜年鉴》等典籍。海内外多家媒体报道过其灯谜事迹，多部灯谜典籍收录其灯谜简历及代表作。1994年被中华灯谜学术委员会授予“中华灯谜国手”称号，2003年被南通市总工会、市文联联合授予“南通市第四届职工明星艺术家”称号。

2014年4月，被增补为江苏省南通市第四批非遗项目代表性传承人。

（《中华灯谜年鉴（2013—2015三年鉴）》，中华国粹出版社2016年出版）

《中国当代灯谜艺术家大辞典》王栋臣简介

王栋臣，1967年生，江苏南通人。北京大学文学学士。中学时即爱好灯谜并应邀参与学校文娱活动的灯谜创作。1986年参加常熟“春季全国灯谜邀请赛”获团体第一名及最佳射手奖，1987年参加青岛“双星杯”全国灯谜邀请赛获市级第二名，1989年参加上虞“曹娥谜会”获最佳射手奖，1995年参加江苏省第三届职工谜会获个人第一名、团体第二名，2001年参加石狮“首届中华灯谜艺术节”获自由创作佳谜奖；撰写的《灯谜的休闲时代到来了吗?》一文于1996年荣登全国谜论征文榜首；曾成功策划过“南通国美杯”首届灯谜艺术节（2001）等活动，常年在南通航运职业技术学院开设灯谜艺术课。《中华谜典》《现代灯谜精品集》《古今优秀灯谜鉴赏辞典》《新时期灯谜佳作集》等典籍以及漳州中华灯谜艺术馆收录其简历及代表作，《新华日报》《南通日报》等多家媒体报道过其从谜事迹。现任南通市青年灯谜研究会副会长。1994年被授予“中华灯谜国手”称号。

（《中国当代灯谜艺术家大辞典》，中州古籍出版社2002年4月出版）

致栋臣函

邵滨军

栋臣：

感谢老同学的肯定，你的话让我欣喜呢。当我在收到你的复件，立即修改并迅速发送至上海后，真的有“后记”里所说的重负方释的感觉。似乎在与心爱的人依依做最后的惜别。对灯谜的爱恨情仇，全部由此而了结了。

掩卷沉思，我们有相同的家庭背景和文化、教育背景，在南通这片故土上，留下了我们少年时代的多少梦幻。更难能可贵的是，你我居然同时为灯谜所吸引，为之神迷，为之痴醉。你在灯谜创作上取得了可喜的成绩，不少灯谜杰作震撼谜坛，足可传世；我也和赵首成老师携手，以坚强的毅力、执着的信念先后编著了四本谜书，并一一出版。赵首成老师以洋溢的才华、厚实的功底，傲视群雄、独步谜坛。他的寂寞、博学如此尖锐地并存，这些谜书里寄托着他的理想和才情；我也把自己对于灯谜的理解与这么多年掌握的文化理论知识，融入谜书的构想与创作中，并且力争将灯谜推向文化与学术的层面。赵首成先生和我为此都算努力过了，也应该无憾了。赵首成为此长期甘坐冷板凳、心力交瘁，我为此也殚精竭虑、体累心累。可以说，这长达250万字的四本书实在是太不容易了，它是足以对一个人一生的爱好有一个完满的交代的。看来唯有深爱一场，方能此生不悔！

这几年为了谜书，太累太累，一言难尽。只有认真去做事，才会体验其间的甘苦。而我俩又是极其认真的人，像我在美国，为此书与赵首成老师的通话就长达1万多分钟（1 000分钟的卡，用了10多张），你可能都难以想象！我们深知，唯有认真，方能做一两件有价值的事情。否则，岁月一样等闲度过，此生只有徒唤奈何。

记得跟你说过，完成《百年谜品》并使之在9月底前正式出版后，我就再也没有更多的精力继续从事这方面的工作了。太多的计划在等着我，我会谋划新的目标，更高更远。目前，我正在开始创作《和平崛起论》一书，从哲学视角研究中国现代化的路向问题，估计回国前可以完稿并交付人民出版社出版。人生短暂，世态炎凉。灯谜毕竟是爱好，我知道社会的偏见，所以想在历史、哲学领域有新的研究成果，借以弥补。说这些，与你共勉。

栋臣，你才华横溢，置诸南通，也是凤毛麟角。希望你好好珍惜，多有作为，不要甘于平庸的生活，要在世俗的社会，做出惊世骇俗、有益苍生的事业！我身在海外，常常在太平洋边散步，感慨万千。以农家子弟的眼光，思考世界、思考未来、思考人生，充满了对故园、亲人、祖国的思恋，也充满着奋发有为的激情。

利用中午片刻，写下这些，作为对你我同学时代的怀念，对你的赞赏与钦佩，对过去和未来的所思所想。

代向弟媳妇问好！向建铭问好，他未能入书，实囿于篇幅，但我们对他是尊重和信服的。

滨军

May 22，2004，Los Angeles, USA

（本文系南通籍著名学者邵滨军博士在《百年谜品》编著期间发来的电子函件）

南通民俗文化之一——南通灯谜浅析

曹昊昊[1]，王栋臣[2]

（1.曹昊昊，江苏省南通中学高一（4）班学生，江苏南通，226000；2.王栋臣，南通灯谜非遗项目传承人、课题指导教师，江苏南通，226010）

摘要：民俗文化是指民间民众的风俗生活文化的统称，也泛指一个国家、民族、地区中集聚的民众所创造、共享、传承的风俗生活习惯。本文通过对“南通灯谜”的分析，介绍它的历史沿革、基本内容、艺术特征、传承谱系、主要价值及经验挑战，呼吁大家热爱并保护南通灯谜，弘扬传承南通民俗文化。

关键词：南通；民俗文化；南通灯谜

1. 概述

地处“淮南江北海西头”的江苏南通，是一座有着数千年文化遗存的苏中古城。历史与现实、古老与时尚、外地文化与本土文化在这里兼容并蓄、交汇互存，形成了极具特色、绚丽多姿的江海文化。这里物华天宝，人杰地灵，人文历史积淀深厚，民间文艺源远流长。根植于这方水土的南通民俗文化，枝繁叶茂，花鲜果硕，是祖国文化百花苑里盛开的奇葩，而“南通灯谜”更是南通民俗文化宝库中璀璨的瑰宝之一。

2. 南通灯谜的历史沿革及分布情况

元宵赏花灯、吃汤圆、猜灯谜和中秋赏月、吃月饼、猜灯谜是中华民族的传统习俗，南通和苏州、扬州等地一样在近代、民国时期就有猜谜活动。如通州石港、如东掘港、海门余东、如皋白蒲等地在赏月时有一项内容：猜戏剧谜盘，类似于现在的实物谜。即在街上闹市口或商号门前，几张方桌拼成一长列，商家焚香拜月，另置方桌放上多个瓷盘，盘中摆上若干小物件（如食品、日用品、花卉等），谜底都是传统戏曲曲目，猜中者由商家发给奖品。除了商家举行猜谜活动外，地方报纸上也辟有灯谜栏目，如《通海新报》“民国”八年（1919年）一月份的报纸上就有“灯谜候教”一栏，每期一条灯谜（隔期揭晓谜底），共刊有十多条（该报两天出一期）。20世纪初，清末状元张謇聘请画家单林绘就的四幅大生一厂《厂儆图》（《鹤芝变相》《桂杏空心》《水草藏毒》《幼小垂涎》），由张謇精心构思并题字，画题及画面喻讽潘鹤琴、郭茂芝、盛杏荪及桂嵩庆等洋行买办和小人，类似于现在的画谜。1919年，张謇创办中国首所伶工学校，张謇设计的校徽以五线谱为背景，上绘毛笔、钢笔各一支，寓意“中西合璧（笔）”，也含有谜意。

20世纪50年代末、60年代初，南通市劳动人民文化宫建立了职工业余兴趣小组，主要活动是创作、猜射灯谜，创办了油印灯谜刊物《乳虎集》，不定期刊登南通灯谜爱好者的作品，成为南通谜人与其他城市谜界的交流刊物，共出刊七期，发表原创谜作1 063则。1979年2月，文化宫灯谜组恢复活动，1985年5月“南通市职工灯谜协会”正式组建，至2017年5月南通市职工灯谜协会已组建了七届理事会。2012年5月南通文化馆群艺谜社的建立和2017年10月南通非遗文化研究会南通灯谜学会的成立为南通灯谜传承、发展开辟了新的途径。南通灯谜主要分布区域为南通市及如皋市、如东县、海安县等。

3. 南通灯谜的基本内容及艺术特征

南通灯谜是以汉语言文字为载体的语言艺术，它依托中华汉语言发展史，以汉字音、形、义的多重变化为创作技能，体现演绎文义和文字的高超水平。南通灯谜具有无限量创作和随时随地可开展活动的特点，体现了全民参与的群众性。

南通灯谜因南通濒江临海的地域特色，在灯谜创作中融入本土文化，将地方历史、人文、经济等诸多元素包容进谜作中，形成了南通灯谜独特的江海文化特色。南通市是南通灯谜创作、发展的重点区域。南通濒江临海，形似半岛，背靠苏北大腹地，与沪、吴隔江相望，其独特的区位优势，使之成为中国最早对外开放的沿海港口城市之一。而溯至上世纪初，南通又是我国实现早期现代化的堪为示范的城市，被誉为“中国近代第一城”。在多元的移民文化和本土文化不断地撞击、交融中，南通形成了“敢为人先、包容会通”的江海文化，同样成就了南通灯谜的江海文化特色。

4. 南通灯谜的传承谱系及代表人物

20世纪50年代末、60年代初，南通市劳动人民文化宫建立了职工业余兴趣小组，其代表性人物有陈学海、周松林、安铁生、李民族；1979年2月，文化宫灯谜组恢复活动，主要成员有陈学海、周松林、安铁生、陈小平、朱建铭等；1985年5月在原职工灯谜研究小组的基础上，成立了南通市职工灯谜协会，代表人物有陈学海、叶达生、周松林、曹家仁、朱建铭、王永钰、朱金富、王栋臣、沈玉泉、杨建敏等；2012年5月，南通市文化馆群艺谜社成立，代表性人物有袁松林、王万森、顾祖荣、袁永保等；2017年10月，南通非遗文化研究会南通灯谜学会成立，代表人物有王栋臣、杨建敏、秦向前、钱舜华、陈昌年、袁永保、沈玉泉、秦晓春、丁玉玫、张强、冯娟、祝雁冰等；从20世纪开始，南通市许多基层单位也建立了灯谜组，并积极开展灯谜活动，如南通纺织机械厂、南通第二制药厂、南通市人民印刷厂、南通树脂厂等。另外，原南通河运学校、南通唐闸中学还建立了灯谜社团，将灯谜文化引入课堂，致力于培养学生对灯谜的爱好。活跃于20世纪的南通谜人还有已故的朱增锦、羊微卿、陆甸坤、潘建国先生等。

“南通灯谜”于2014年4月列入南通市市级非遗项目，2016年列入省级非遗项目。目前，“南通灯谜”市级代表性传承人有：郑抒、周松林、顾焕清、朱建铭、王栋臣、秦向前、王万森、杨建敏。此外，还有曹家仁、安铁生、张炳山、朱金富、王永钰、陈德华、袁松林、顾祖荣、袁试、钱舜华、秦晓春、陈昌年、王瑞华、陈建平、祝雁冰、张强、黄宣东、袁永保、俞跃进、朱一鸣、丁玉玫、吴锦建、王建、陈斌、刘精耕、邓健、张崇晖等一大批骨干和中坚力量，他们是南通灯谜普及推广、创作研究、传承繁荣的积极分子。

5. 南通灯谜的主要价值

（1）传承民俗文化。灯谜伴随汉字诞生而诞生，并依汉字的“六书”原理而衍变，成为中华民族文化遗产的一个组成部分。继承和传承灯谜，就是传承我们的民族文化。

（2）启迪益智寓教。灯谜既开发智力又寓教于乐，睿智而亲切，深邃而诙谐，有言志讽喻的作用，又有陶冶情操的功效，可提高民众百科知识水平，增进人文素质修养，即使对儿童的启蒙教育也大有裨益。南通灯谜更注重就地取材，介绍南通史地人文，亦如乡土教材，亲切自然。

（3）发挥宣传功效。灯谜除具有趣味性、群众性外，还具有思想性、艺术性和极明显的宣传教育功能，能配合党和政府、工会等各个时期的中心工作，创作专题灯谜，宣传反腐倡廉、扫黑除恶、环保节能、文明创建等，利用群众喜闻乐见的形式，达到宣传教育的作用。

（4）利于社会和谐。南通灯谜极大地丰富人民群众的业余文化生活，营造和谐欢乐的节日气氛，有利于团结群众，构建和谐社会。

6. 南通灯谜的经验与挑战

在传承南通灯谜的历程中，我们积累了一些经验：

（1）组建研究机构。自20世纪50年代末、60年代初，南通市劳动人民文化宫建立了职工业余兴趣小组，至1985年5月在原职工灯谜研究小组的基础上，成立了南通市职工灯谜协会，到2012年5月南通文化馆群艺谜社的建立和2017年10月南通非遗文化研究会南通灯谜学会的成立，这些灯谜机构的建立，为南通灯谜的传承、发展、保护乃至申遗，开创了里程碑式的征程并做出了重大贡献。

（2）积极开展活动。20世纪50年代末、60年代初，南通市劳动人民文化宫职工业余兴趣小组就从事灯谜创作、灯谜猜射、创办油印灯谜刊物《乳虎集》等活动，南通市职工灯谜协会从20世纪八九十年代先后举办了“迎春灯谜博览会”“三市六县紫琅谜会”“山川·历史·人物——南通市首届全国灯谜函寄会猜”“‘海花杯’南通灯谜艺术节（江苏省第二届职工谜会）”等活动；出刊了

《基层俱乐部活动资料》《紫琅谜刊》《谜联之友》等灯谜资料，参加了“九城市国庆灯谜会猜”、“匡庐谜会”、“竹西谜会”、“中秋赏月谜会”、“春申谜会”、“黄鹤谜会”、常熟“1986年春季全国灯谜邀请赛”、1987年“双星杯”全国灯谜邀请赛、1992年漳州第二届中华灯谜艺术节、1992年澄海金秋灯谜艺术节、1994年保定“全国灯谜国手赛”、1995年“江苏省第三届职工谜会（金东谜会）”、1995年上海浦东“广洋杯”海内外灯谜精英赛、1997年福建漳州“第二届中华灯谜艺术节”等活动。进入21世纪以来，南通灯谜进入了一个新的发展时期，从2001年起南通市职工灯谜协会数十次组队或派员参加了石狮、晋江、安阳、晋中、上海、深圳、苏州、常熟、吴江、张家港、张家界、新津、保定、温州、合肥等地举办的大型灯谜赛事以及第1—6届中华灯谜文化节，并多次取得了团体和个人前三名（或金银铜奖）的优良成绩。除外出交流、参赛外，更多的是在南通市举办各种形式的灯谜普及活动，先后举办（或承办、协办）了2002年“雪馥杯”南通市首届雪馥灯谜文化节（全国函寄会猜在环西文化广场连续举办四天，挂出灯谜5 000条）、2005年中秋环西文化广场灯谜大展猜、2014年全国城管专题灯谜创作赛及展猜并出版专辑、2014“中海碧林湾杯”新春职工灯谜大赛、2016年全国食品安全专题灯谜创作赛及展猜并出版专辑、南通市历届“全城闹元宵，万人猜灯谜”活动、南通航运职业技术学院多届廉政灯谜文化节、每年的重要节假日文化宫对群众展猜等。南通市职工灯谜协会20多年来坚持每月雅集，交流谜艺、研讨创作、内部竞猜，编辑会刊《濠滨谜苑》（活页形式、出刊了60期）。南通文化馆群艺谜社成立后，开通了灯谜网、建立了QQ群、编印《紫琅谜刊》、举办新春期间非遗工坊、伶工学社的挂猜等，丰富了本市灯谜活动的形式和内容。南通灯谜学会则通过“南通灯谜天天猜”微信公众号的开设、“南通灯谜周周猜”的举行、“南通非遗”专题全国灯谜创作赛及展猜、首届“南通灯谜大会”和“港闸杯首届谜王擂台赛”的举办等，为进一步扩大南通灯谜的影响、宣传灯谜非遗知识起到了巨大的作用。在灯谜创作上，南通谜人更是成果丰硕，得奖次数达百次以上。

（3）加强队伍建设。南通灯谜文化的发展，离不开一支专业化的研究队伍。南通市职工灯谜协会、南通灯谜学会、南通市群艺谜社、海安灯谜协会等灯谜组织的建立，为南通灯谜队伍建设奠定了坚实的基础；如皋白蒲勇敢小学、南通市第二中学、南通航运职业技术学院这三所涵盖小学、中学、高校的灯谜传承基地的挂牌，为灯谜后继人才队伍的建设及南通灯谜可持续发展注入了创新动力，以王栋臣、丁玉玫、秦向前为代表的当代灯谜园丁们，开展了一系列校园灯谜传承活动，通过以老带新，培育新人，为灯谜文化传承增加了新生力量。在灯谜理论方面也涌现出了一批代表性人物，一批研究成果也脱颖而出。在理论研究上，王栋臣、袁试、沈玉泉、朱建铭、陈昌年、丁玉玫等撰写的灯谜论文，有的在大型谜会论坛获奖，有的进行公开交流或被公开出版的灯谜专著收录。由于在普及宣传灯谜、开展职工灯谜活动中做出了显著成绩，朱建铭、王栋臣、杨建敏三人先后被市文联、市总工会命名为“南通市职工明星艺术家”。

与其他传统民俗文化相似，省级非遗项目“南通灯谜”文化的发展也面临着一些挑战：一是政府的支持力度尚显不足，经费上需要更大的投入，场地上也要综合考虑安排；二是形式上创新不够，如何利用现代化的表现手段来展示传统文化，需要有更多的创新；三是后继力量尚显不足，还需要吸收培养更多的新生力量，尤其是加强青少年灯谜知识的启蒙教育，打造梯队，充实力量。

7. 结语

南通灯谜，作为南通民俗文化的一支重要力量，已经得到传承并发展，这是南通市民的精神家园。我们相信，社会各界只要进一步重视起来，不断创新，适当保护，“南通灯谜”一定会被打造成南通民俗文化的一张亮丽名片，发出灿烂的光辉。

后记

子曰：五十而知天命。时过天命，我终于悟出灯谜艺术乃我的“天命”之所在，我的兴趣、生活、工作、荣誉、价值、使命，无一不与灯谜息息相关。

四十年前，当我还是一位懵懂少年的时候，是一所叫作刘桥文化站的乡镇文化活动场所，为我打开了一扇近距离接触灯谜艺术的大门；是一本叫作《灯谜万花筒》的图书，让我得以欣喜若狂地遨游在五彩缤纷的灯谜世界里……这些年来，我成长的每一步，灯谜总是如影随形：从第一次猜谜获奖时的兴奋、第一次制谜投稿而被录用时的激动到与同好们讨论灯谜艺术的喜悦，再到组织灯谜活动时面对一双双渴望知识的眼神……可以说，我步入谜坛是兴趣使然，但在谜坛深耕却又是责任使然。并且，在传承灯谜艺术并使之走向民众、走向社会、走入千家万户之时，我深深感受到一位灯谜传承人的责任与使命所在。

“废寝忘食，乐而忘忧，不知老之将至”，爱上灯谜，为之废寝忘食，并乐在其中，不知不觉已年过半百。我觉得有必要将自己从谜以来的所制、所思、所论整理成一本集子，包括灯谜作品、灯谜论文、灯谜大事记等。于是，我从尘封的各种资料中搜集所有有关的只言片语、事踪笔迹，整理编校并付梓，也算是对自己从谜四十年来的一个阶段性总结。

本书取名《江海风韵》，缘于我二十多年前的网名“江海风”并沿用至今。江海自然是指我的家乡（南通滨江临海）；风者非惟指大风，亦可暗指虎也，正合灯虎之意；韵者，可以作韵致、风度、气质、情趣之解。灯谜虽小，但其固有的含蓄深沉、唯美是举、微言大义等特点，赋予了这门缩微艺术特有的韵致、风度、气质和情趣，这就是“气之动物，物之感人，故摇荡性情，形诸舞咏”（钟嵘《诗品序》）的韵致；“义欲婉而正，辞欲隐而显”（刘勰《文心雕龙·谐隐》）的风度；“烘云托月，画家写真之法也；声东击西，兵家制胜之道也”（谢会心《评注灯虎辨类》）的气质；“颠倒错乱，嬉笑诙谐，无所不知”（张起南《橐园春灯话》）的情趣。

需要说明的是，书中汇集的千余条灯谜作品，实系本人在不同时期创作而成，有些早期作品因囿于当时的查重条件，难免偶尔出现与其他谜人作品有雷同的现象；一些论文成稿于当时的特定历史条件下，个别论点未必符合当代思想和潮流，但从资料存真的目的出发，这次未做修改，照实录之。

本书付梓之际，感谢八十四岁的著名书法家、灯谜家费之雄先生为本书题耑，感谢我的中学同窗邵滨军博士为本书撰序，感谢我的挚友朱建铭先生为本书校勘，感谢张强光先生为本书书名治印，感谢我的同事王歆晔女士协助搜集谜作、整理书稿。

作为“江苏省高水平高职院校”建设项目，本书得到江苏航运职业技术学院的全款出版资助，在此谨对学院领导和同事们深致谢忱！

王栋臣

2020年3月

雪泥鸿爪

1986年4月18日—20日，南通市劳动人民文化宫代表队参加由常熟市民间文学工作者协会与《知识窗》杂志社联合举办的“1986年春季全国灯谜邀请赛”，南通代表队王强（领队）、王栋臣、王万森、朱建铭获得团体第一名后合影。

1987年5月22日，南通河运学校在南通市劳动人民文化宫举办“全国灯谜展览展猜”活动，图为兑奖现场。左起：夏心杰、吴建国、王栋臣、徐暐。

1987年10月20日—25日，南通市职工谜协代表队参加青岛“双星杯”全国灯谜邀请赛，南通代表队获市级团体第二名。图为代表合影，左起：王栋臣、黄建国（领队）、沈玉泉、朱建铭、王永钰。

1988年5月，上虞“华夏曹娥谜会”期间，南通代表队在杭州合影。左起：杨建敏、朱建铭、黄建国、王栋臣、沈玉泉。

1989年4月22日—25日，石狮第二届“蚶江侨乡谜会”期间，南通谜人与首次来大陆参加谜会的台湾地区著名谜家朱家熹及香港谜家刘雁云合影。左起：朱建铭、朱家熹、刘雁云、王栋臣、沈玉泉。

1989年4月22日—25日，石狮第二届“蚶江侨乡谜会”期间，江苏谜友和福建谜友合影。前排左起：沈玉泉、蔡传勇、刘群雄、王栋臣、林九亭，后排左起：朱建铭、胡文明、郑育斌、张卫平、陈启达。

1989年10月11日—14日，南通市青年谜研会一行十人赴上海浦东文化馆参加“红楼谜会”并与上海著名谜家胡安义合影。前排左起：沈玉泉、朱建铭、张德泉、黄卫东、秦向前，后排左起：钱雪冰、王栋臣、王万森、胡安义、瞿建平、巫伟。

1989年10月11日，与朱建铭合影于上海“红楼谜会”。

1994年8月22日—24日，赴河北保定参加“中华灯谜学术委员会成立大会暨中华灯谜国手赛”，图为“中华灯谜国手”颁奖现场。

1995年10月18日—20日“江苏省第三届职工谜会（金东谜会）”颁奖合影。左起：龚海波、张士斌、朱建铭、王栋臣、荣耀祥。

1995年11月6日—8日，上海浦东“广洋杯”海内外灯谜精英赛期间部分谜友合影，左起：罗营东、王栋臣、 史东山、邱景衡、张胜声。

1997年2月，福建漳州“第二届中华灯谜艺术节”期间南通代表队与港台地区谜友合影。左起：顾斌、顾焕清、黄建国、刘雁云（香港地区）、徐添河（台湾地区）、李次高（台湾地区）、朱建铭、王栋臣。

2001年5月，“石狮首届中华灯谜艺术节”开幕式上与香港地区谜家刘雁云合影。

2003年11月，参加“石狮首届国际华人灯谜邀请赛暨第二届中华灯谜艺术节”，南通代表队和台湾地区谜家合影。左起：朱建铭、王永钰、徐添河（台湾地区）、王栋臣。

2005年7月20日，在江苏宝应翔宇中学参加《中华灯谜教程》一书的编审工作。左起：方炳良、卢志文、裔胜东、张士斌、王栋臣、秦向前。

2006年2月8日—14日，赴山西晋中参加“绵山杯”国际灯谜大赛，图为主擂现场。

2006年8月8日—11日，参加“庆祝安阳殷墟申遗成功全国旅游灯谜大赛”，与河南著名谜家刘二安先生合影。

2008年2月19日—21日，应邀赴上海枫泾镇参加“上海首届灯谜艺术节·谜王争霸赛”，与台湾地区著名谜家高武煌先生合影。

2009年4月21日，与南通谜人接待来南通访问的原中华灯谜学术委员会主任郑百川先生一行。前排左起：沈玉泉、顾焕请、郑百川、周松林、杨建敏，后排左起：陈德华、秦向前、朱建铭、施奕盛、梁先生、王栋臣。

2009年8月14日—16日，参加在江苏宝应翔宇教育集团扬州总校举办的“中华谜刊发展高层论坛暨《文虎摘锦》发刊百期庆典”活动并做专题发言。

2010年2月16日，应邀赴上海南翔古漪园与袁杰（已故）同台主持“古漪园新春灯谜会”。

2010年12月8日—12日，参加“中国深圳新客家风采国际谜会”，获“中华灯谜传承与发展高峰论坛”优秀论文奖，图为论文交流现场。

2011年2月15日，上海南京路世纪广场，中国民间文艺家协会杨吉星先生为第四届上海灯谜艺术节“全国网络灯谜精英赛”冠军奖得主王栋臣颁奖。

2012年12月3日—10日，随首届“大陆谜人参访团”一行40余人赴港台地区参观访问并与当地谜人进行谜艺交流。

2013年5月15日，主持“航院杯”南通市第七届廉政灯谜大赛决赛。

2014年12月20日赴昆明参加云南卫视“中国灯谜大会”（第二季）第一场的录制。左起：郝兆隆、王栋臣、主持人小丛、熊俊、黄东悦、黄俊文、骆岩。

2017年10月8日，南通市非遗研究会南通灯谜学会成立，王栋臣当选为会长。

2018年春节期间，策划“首届南通灯谜大会”活动，并担任谜题统筹，与朱建铭共同担任评委。该活动由南通市文广新局、南通广播电视台主办，南通广播电视台新闻综合频道（南通一套）于3月4日晚9：00播出决赛录像。上图为赛场全景，下图为现场点评场景。

2018年3月1日下午，与杜正芳（原南通市总工会宣教部长）、杨建敏作为嘉宾出席在环西文化广场举行的第九届“万人猜灯谜，全城闹元宵”启动仪式。

2018年4月9日—11日，应邀赴广西桂林参加“唐景崧同胞三翰林”灯谜研讨会。左起：王小亚（灌阳谜语协会会长）、王栋臣、黄俊文（桂林灯谜协会会长）。

2018年6月21日，在广西灌阳县参加南通航运职业技术学院、南通市非遗研究会与中共灌阳县委宣传部“文化与教育合作”签约仪式。同日，被中共广西灌阳县委宣传部聘为“灌阳县灯谜文化与研究开发总顾问”。前排左起：王栋臣、李军（南通航院副院长）、唐泽化（原中共灌阳县委宣传部副部长）。

2019年1月1日，策划主持的“首届港闸灯谜文化艺术节”在港闸文体中心开幕，同日举办了“港闸杯”南通市首届谜王擂台赛。评委席左起：杨建敏、周松林、王栋臣、朱建铭、安铁生。

2019年2月19日下午，作为十届“万人猜灯谜　全城闹元宵”灯谜主创和活动亲历者，接受鲜花并发表感言。

2019年3月13日，策划举办“桂林银行杯”唐景崧中华灯谜擂台赛，该活动在位于广西灌阳县新街镇江口村的清代著名谜家唐景崧故居举行，与广西著名学者文崇礼、桂林市职工灯谜协会会长黄俊文共同担任评委。

2019年7月10日，江苏航运职业技术学院在宁波“2019中国国际海员论坛”上举办“江苏航运学院杯”海内外航海灯谜大展猜活动，图为讲解灯谜现场。

2019年11月10日，江苏省民间文艺家协会灯谜学术委员会在江苏航运职业技术学院举行成立仪式，武骝受聘为主任，王栋臣、朱墨兮、吴建伟、陈雷、项行受聘为副主任。